U0916501

在阅读中展开，人生的可能

CONTENT
肯特文化

魏姣——作品

Preyer 系列之

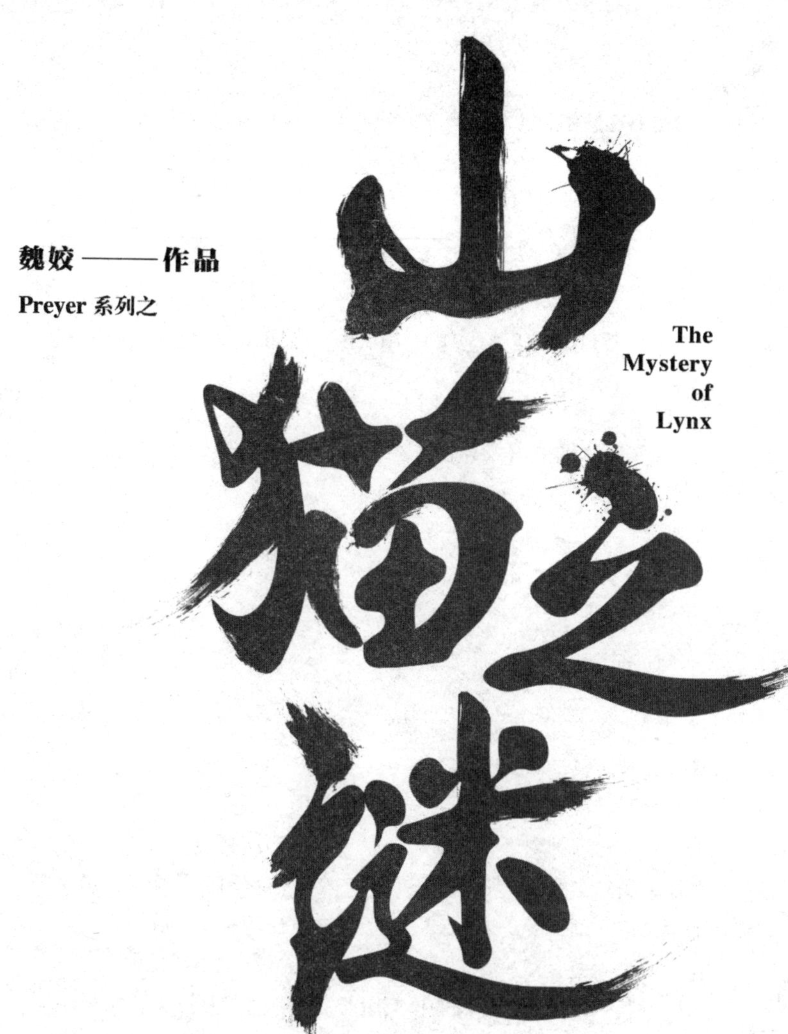

The Mystery of Lynx

江苏凤凰文艺出版社
JIANGSU PHOENIX LITERATURE AND ART PUBLISHING, LTD

图书在版编目（C I P）数据

山猫之谜 / 魏姣著. -- 南京 : 江苏凤凰文艺出版社, 2017.10

ISBN 978-7-5594-1169-3

Ⅰ. ①山… Ⅱ. ①魏… Ⅲ. ①长篇小说－中国－当代 Ⅳ. ① I247.5

中国版本图书馆 CIP 数据核字 (2017) 第 239767 号

书　　名　山猫之谜

著　　者　魏　姣
选题策划　盛世肯特
出 品 人　柯利明　林苑中
责任编辑　牟盛洁　李　黎
营销推广　刘　源
封面设计　吴　倩
出 版 人　黄小初
特约监制　伊　然
特约编辑　颜嘉仪　霍志勇
责任印制　法成海
版式制作　翟程程
出版发行　凤凰出版传媒股份有限公司　江苏凤凰文艺出版社
出版社地址　南京市中央路 165 号，邮编：210009
出版社网址　http://www.jswenyi.com
印　　刷　三河市华东印刷有限公司
开　　本　880mm × 1230mm　1/32
印　　张　8.25
字　　数　156 千
版　　次　2018 年 5 月第 1 版　2021 年 7 月第 2 次印刷
标准书号　ISBN 978-7-5594-1169-3
定　　价　45.00 元

推荐序

分合有时爱无期

叶弥

这个故事有点惊心动魄，惊悚，还很文艺，或者说还很文学。有了这两点，小说就好看，就精彩纷呈。

和魏姣这个作家，只有一面之缘。本来是不想再替人作序，主要是作不好这个序，我没有那般本事，在别人的书里面找出自己想要发挥的主张，我只能老老实实地揣摩作家的意图，妄想从书中看出一点人生的什么来。但是魏姣请我作序，我犹豫了片刻便答应了。一来是记得她姣好文静的样子，不忍使她失望；二来知道她在驻外机构工作，觉得她多少带点神秘，见多识广。在新加坡与她见过一面，说了两句什么寒暄的话，也忘了。只记得她那么文静和得体。打开她的小说，文字清丽，语句典雅，句法、标点，都是规规矩矩的，不由暗自微笑了，嗯，像她这个人。

没想到越看越激动，原来一个文静的女生，也能有如此生猛之笔。

这个故事，讲的是背叛。

一边背叛，一边完成自己，二者相辅相成。但可惜的是，到最后，我们没有见到任何人完成了自己，每个人，不管是得到了还是失去了，仿佛才开始，仿佛才进入得失的循环怪圈。

整个小说，却是完整的，因为营造了一个巨大的怪圈。男人的灵魂进入了女人的身体，两对情侣中，各有一男一女完成了背叛，另外的一男一女灵魂和肉体合而为一。

这个惊悚的故事看似复杂，其实它只讲了一个人生很简单的一件事：为爱而分，为爱而合。

所以说，这也是一个爱情故事。这个爱情故事里有背叛和迷失。

讲的是一位名叫莫未的女子，才貌平平，被大学男友雪狼抛弃后投海自杀。我们可以把这个自杀行为看成是酒后一时冲动。她冲动自杀时，正碰上另一位叫山猫的男士在海上失事，山猫的灵魂附在了莫未的身上，回家了，进入了莫未的生活。这就是我们所说的“借尸还魂”。有着山猫灵魂的莫未，想要找出莫未自杀之谜，还想寻找到自己的身体，让自己的灵魂回到自己的身体里去。

小说是三条线平行发展。一是“猛兽乐队”的生活，主唱山猫，吉他手云豹，贝斯手圣鹰，鼓手雪狼。第二条线索是莫未的公司和家庭生活。第三条线索是如焰的情感故事。热热闹闹的人生，最后却无尽沧凉。

动物世界里，也有背叛，但是动物们不以为然。人类很在意“忠诚”二字，所以有那么多的痛苦。如焰背叛了山猫，雪狼背叛了莫未，剑鱼背叛了乐队和妻子……背叛都有理由，或许是为了完善自己，但爱已深陷灵魂，谁离开都会留下难补之空缺。

魏姣的小说有着精致而准确的语言，譬如说：恋人初次相遇的情景非常重要，对日后的关系有所预兆。……用密集的味蕾代替纷繁的思绪，人生可以过得很开心。……

小说的细节如波浪滚滚，一波接着一波。很多细节随意道来，却让人忍俊不禁。像有着山猫灵魂的莫未，去学唱歌，只能耐着性子探索全新的声带；学吉他，居然弹出了山猫的狂野。

中国人的生活中，有许多看似铁板钉钉的事，譬如这借尸还魂，任何一本中文成语词典中，都找得到它。民间的借尸还魂的故事，版本多样，我相信绝大多数中国人都听过，但是我们并不知道借尸还魂是否存在，也没有人认真地去验证它。

现在，有一个叫魏姣的女作家在认真地写这件事了，当然她不是用科学来考证，她是用文学、用文字来描述。文字的魅力在于，它会让你不知不觉地沉陷其中。所以有时候我不禁想问，文学到底有多少可能？它可以离我们已知的科学有多远？

文学有时真的可以无所不能。

现在，这部小说呈现的就是这种可能。

2017 年 10 月

（作者系鲁迅文学奖得主，姜文电影作品《太阳照常升起》原著作者）

目　录
CONTENS

▼

第一章

海边祈祷

日落时分，他们在沙滩上堆起一个大城堡，把山猫的照片摆在顶端，周边点燃 28 支心形蜡烛。那是两个月前在喷泉广场的演出照，山猫英气勃勃，眼神得意扬扬，嘴角调皮地歪咧，像是在酝酿一场恶作剧。

云豹抱着吉他不停地弹，饱含忧伤的音符随着海风四处飘散。

圣鹰从背包里掏出一听德国啤酒，打开瓶盖，“咕嘟嘟”倒入大海。

雪狼拿着一炷香，不断营救那些被风吹灭的蜡烛。

如焰点亮她亲手做的荷花灯，笳篱底托，柳条支架，粉色绸绢缝制的花瓣栩栩如生。她在黄色的琉璃花蕊里放入两小块绿豆糕，端着花灯走向大海，在沙滩上留下一串小巧的脚印。她的长发与黑色裙裾一起飞舞，浪花亲吻着纤细的小腿。她伫立许久，附身将花灯送入大海，跳跃的烛火瞬间照亮她眼角的泪滴。

但这毕竟是海，不是江，也不是湖。荷花灯悠悠打了个旋，来不及施展它的优雅，就被海浪吞没，消失得无影无踪了。如焰双手合十，默默祈祷，但愿山猫的幽魂取走了这只花灯，早日转世再生。

夜幕降临，在模糊的海天之间，浮起一轮苍白的月亮。如焰说自己头痛，先回酒店了。三个队友打算再陪陪山猫。

圣鹰凝望着海："山猫，这到底怎么回事儿啊？如果这是一场探险，那么劳作三天三夜的渔船都回来了，你还不觉得疲惫吗？如果你在捉迷藏，那么我们都认输了，游戏也该结束了！你有着与生俱来的王者气质和无与伦比的艺术灵感，还有一颗灵活的商业头脑，梦想成为国内最大牌的独立策展人。唱歌是你的业余爱好，可你拥有成千上万个铁杆粉丝，那么多女人迷恋你。你说你裤裆里有个魔法棒，可以轻而易举带着她们冲上云霄；你说三十岁是个尴尬的年龄，就算做出点成绩也谈不上年轻有为，所以剩下的这两年要拼命；你说暑假我们要去上海演出，还有机会录制一张真正的唱片；你说等我毕业后大家一起去斯里兰卡旅行，等我真正爱上一个女孩的时候，你会带领乐队在她家楼下帮我求婚。这都他妈是胡扯。你死了。你背叛了我们，毁灭了所有的可能性，死亡是彻头彻尾的背叛。我永远都不会原谅你……”

云豹喃喃自语：“我一直觉得你体内有个太阳，你是个夜游神，小时候最发愁的就是上床睡觉。你在幼儿园从不睡午觉，还叫醒别的孩子陪你玩，所以经常被老师罚站。在家里，每晚9点你被轰上床，眯眼装睡，等父母睡了就蹑手蹑脚跑到洗手间去看小人书。上大学以后，你终于自由了，晚上跟室友打牌神侃、弹琴唱歌，宿舍楼熄灯了，你就像一只悄无声息的猫从后门溜出去。你在通宵自习室看书，在空无一人的操场上奔跑，在幽静的湖边漫步，夜越深沉，你越精神。等树间草丛里的恋人们都消失了，整个校园只有你踽踽独行。你的猫眼炯炯有神，能看见黑夜里草尖上的飞虫。你在A大的每一棵树下撒过尿，躺在每一片草地上看过星星。学校周边通宵营业的台球厅、游戏厅、录像厅、烤串吧遍布你的踪迹。即使你整夜不睡，白天也只睡到中午。你不知道困，也不知道累，旺盛的精力无穷无尽。你连续加班数日还坚持泡健身房，每场展会结束后都奔出去撒欢，连续十几小时飞行归来还要跨越大半个北京城参加聚会。多少个周末的早晨，你惊醒我的美梦，把我从暖烘烘的被窝里拎起来排练。你是个可怕的完美主义者，最轻微的不和谐也逃不过你的耳朵。Once again,once again[1]，你不断命令，我弹得指尖冒火，手臂暴痛，几乎要弦断人亡了。你冷着脸，打个响指，我们就不得不重头再来。从小到大最严厉的琴师也没这样折磨过我，乐团里最苛刻的指挥也不会把我累成这副死狗样儿。我在心里骂，你以为你是谁呀？我恨不得冲上去把你的门牙打飞！可是，我们谁也停不下来，就像穿上红舞鞋的小女孩无法停止跳舞一样，我们都中魔了。你释放出无穷无尽的热量让整个乐队燃烧绽放。终于有那么一刻，我听不到吉他和鼓点的声音了，也听不到你的歌声，只觉得一股来自宇宙的洪流让我们四人合为一体，美妙的感觉胜过高潮。

原来毁灭就是重生，熊熊烈火中才有凤凰涅槃！可是山猫，你为什么不能重生？不幸、黑暗、伤痛、冰冷、死亡，我一直觉得所有阴性的事物都与你无关。你竟然抛开一切，直接走向极端，就像太阳刚升起就跌入极夜状态。我只好在这暗无天日的世界里独自摸索，不知道还能不能找回太阳。回忆是我这段时期唯一能做的事，是我最大的慰藉。无论如何，跟你一起玩音乐的日子，是我有生以来最好的时光。山猫，谢谢你，我的生命因你而动听。”

[1] 译文：再来一次。

沉默许久的雪狼终于开口："乐队解散吧，我们不要再见面了。"

圣鹰劈手给了他一拳。殷红的鼻血缓缓滴下，渗入沙滩，形成几个暗沉的小孔。

雪狼从胸前摘下数年不曾离身的十字架铜链，狠狠地抛入大海，转身离去。

云豹和圣鹰并肩坐在海边，喝完最后一滴啤酒。天已经完全黑了，海风更加肆意，白天明媚的海岸此时像个巨大的黑洞，什么也看不见，只能听见猛烈的呼啸声，仿佛要吞噬一切。

圣鹰说："山猫就是在这样的黑夜遇难的。在茫茫大海里徒劳挣扎，他的强壮躯体、禀赋灵性都显得渺小可笑，就像蚂蚁落水，抓不到一丝光亮和希望。他说他从来不知道什么叫恐惧，不知道临死的那一刻他是不是明白了。"

云豹站起身："要不要去我房间再喝点儿？"

圣鹰说："不见尸，我不死心。也许天快亮的时候，山猫会划着一叶扁舟从天边缓缓驶来。"

云豹握握他的肩膀，走开了。所有安慰的言语都太苍白，他自己也无法卸下心口的巨石，不知道怎样才能让呼吸更轻松一点。寻求解脱是他们每个人必过的独木桥，谁也帮不了谁。

雪狼回到酒店，穿过长廊走到二楼最东侧的房间，四顾无人，便敲了敲门。先连敲四下，间隔片刻后再敲两下。

如焰打开门，惊呼："你受伤啦？"

雪狼把她推进房间，迅速关上门。屋里灯火通明，窗帘拉得严严实实，电视里正在播放一部明艳的印度电影。

如焰用温水浸湿毛巾，轻轻擦拭他脸上的血迹："到底怎么回事？"

"不小心撞到门框了。"

如焰嗔怪地瞟着他，抬起他的下巴，拿棉签擦去鼻孔上的血迹，然后在他鼻尖上轻轻一吻。

雪狼说："你好些了吗？"

如焰说："你不在的这段时间太难熬了，我头痛欲裂，睡不着。柜子里、床下、窗外、洗手间，山猫的影子似乎无处不在。我甚至不敢洗澡，只好窝在床上看电视。但不管音量开到多大，都压不住他隐隐约约的歌声。"

雪狼关掉电视和顶灯，坐在床上，把她揽进怀里："安心睡吧。"

屋里很安静，如果仔细听，远处似乎传来潮起潮落声。不知过了多久，如焰的身体渐渐放松了，眉宇安然，呼吸均匀而深长，皮肤绽放着牛奶般的芳泽。雪狼抽过枕头，轻轻地替换出麻酥酥的手臂，帮她盖好被子，蹑手蹑脚地下了床。

他站在窗前，轻轻掀开窗帘的一角。月光朦胧，院子里的泳池静如深潭，藤椅和秋千架空空荡荡。露天咖啡馆也打烊了，木栅栏旁边堆着两箩筐椰子壳，整个度假村陷入寂静。明天是周六，周六是乐队的固定排练日，而明天将是死气沉沉的一天，没有音乐也没有诗。山猫真的走了。自从听到噩耗，他一直处于恍惚的状态。海边葬礼结束后，这个现实才慢慢清晰起来，他感到心里似乎破了个洞，透着无尽的空虚和悲凉。在乐队里，云豹是唯一科班出身的乐手，圣鹰的音乐造诣也很深，而他跟山猫配合得最默契，常常是你一句我一句连哼带唱地就编出了曲子来。他写过一首歌叫《绝恋》，结尾的调子改了许多遍仍不甚满意。山猫听他唱完后说：“绝对的爱，绝望的爱，绝美的爱，爱情因为绝望而更加神圣，结尾一定要升华。”说罢，抬起手臂在空中画了条爬坡般的曲线，随之而来的是妙不可言的高调收尾。困扰云豹许多个夜晚的难题便迎刃而解了。他与山猫响亮击掌。山猫明察秋毫地问他爱上谁了，他无言以对，山猫说：“这样排山倒海的爱，经历一次死也认了。”

一阵呻吟打断了雪狼的思绪。如焰翻了个身，发出低低的抽噎。他坐到床边，握住她的手，轻轻唤她。她的手冰凉，眼睛也不睁，只喊冷。他意识到她发病了，连忙用被子裹住她。如焰身子蜷成团，不住地发抖。他把自己的外套压在被子上，用力搓她的掌心，于事无补。他钻进被窝，紧紧抱住她冰冻般的身体，想把浑身的热量传导给她。而她的脸色煞白，四肢发僵，就像浑身的血液被迅速抽走了似的。情急之下，他吻她的嘴唇。她求救般地吸住他的舌尖，双臂箍住他的脖子。他们几乎要嵌入对方，心跳押韵合拍。几分钟后，她慢慢张开眼睛，脸颊恢复了血色，浑身柔软而温暖，睡裙微微发潮。他打客房服务电话，要了一杯热腾腾的牛奶，喂她喝了下去。

“我梦见我掉进了冰窟窿。”如焰依偎着他，“我们明天就走，好吗？”

海像一只沉睡的巨兽，发出均匀的鼾声。海浪周而复始地卷上沙滩，却没有带来山猫的讯息。圣鹰抱膝而坐，脚下的细沙随浪流动，偶尔会触到坚硬的贝壳和石砾。岸边有很多小鱼和海蜇的尸体。海蜇是多么美丽和神秘的动物，它们被潮水冲上岸后，变得笨重和污浊，淘气的小孩在上面插满木棒。死亡毫无尊严，特别是非自然的死亡，在瞬间丢下身体任其受辱。山猫此时不知道被糟蹋成什么样子了。

圣鹰想起初次见到山猫的情景。

五年前的草莓音乐节，大批乐迷聚集在通州运河公园明媚广阔的草坪上。演出分为摇滚舞台、电子舞台和校园舞台三个区域。他那时候是大二的学生，跟几个同学组建了“醉氧乐队”，在学院路一带小有名气，受邀在校园舞台表演三首曲目。可惜演出时段排在骄阳似火的中午，又赶上摇滚舞台有个超级炫酷的美国乐队同时登场，抢走了大部分观众。但他对着台下稀稀落落十来个围观者，演奏得格外投入。他相信，好的音乐只关乎心灵，无需捧场。

演出完毕，他走下舞台，两个男孩迎面走来，一个穿薄如蝉翼的白衬衫，另一个留着垂肩长发。白衬衫递给他一听冰镇啤酒，说自己是主唱山猫，又指着长头发说这是吉他手云豹。他问："哪个乐队的？"山猫说："加上你，再找个鼓手，我们就有乐队了。"这时，"醉氧乐队"的吉他手横过来说，光天化日之下挖墙脚啊，有种上来吼一嗓子！山猫从他背上拿过吉他，说借用一下，灵巧地跳上了舞台。

山猫弹唱了一首轻松的歌，节奏就像小羊在草地上蹦蹦跳跳，让人开怀。他觉得山猫的声音有种能让时间静止的魔力，而且似乎能穿透方圆数百里。无需奇装异服，没有装腔作势，白衬衫加牛仔裤，山猫就那么落落大方、自信满满地高歌：

我是飓风，想拥你入怀；
我是魔鬼，想闯进天堂。
我爱你，满怀遥不可及的梦想。

他一时兴起，走上舞台，拨响强有力的电贝斯，即兴为山猫伴奏。山猫唱得更起劲了，本来准备撤离的观众放下了坐垫，路过的行人停下了脚步，远处的人们向这边观望，观众越聚越多……歌曲在大家的欢呼声中结束。

他问山猫，自己是不是也该有个艺名？山猫说："看你桀骜不驯，双目凌锐，就叫你圣鹰吧。"云豹大喜："我们的乐队叫 Monster[1] 如何？"山猫说："也忒粗犷了，还是叫 Preyer[2] 吧。"于是，他们的乐队有了雏形。后来，云豹告诉他，山猫在音乐节闲晃了两天半，一眼就看中他了，说"梦里寻他千百度，我的贝斯手却在此！"这也算是一种知遇之恩吧。

在这个世界上，圣鹰有两个偶像。一个是巨星 Michael Jackson（迈克尔·杰克逊），无论艺术创造力还是舞台表现力，流行音乐史上无人能及。更重要的是，Michael 的音乐充盈着对自然的敬畏和对人类生存境界的深切关怀，简直甘愿为地球分担一半雨水。他听着 Michael 的音乐长大，最大的愿望就是亲眼看到他的演出。沉寂数年后，饱受官司和绯闻折磨的 Michael 终于宣布复出。圣鹰激动得发狂，拿出所有积蓄在网上抢到了 Michael 首场伦敦演唱会的门票，瞒着父母办好护照和签证，整装待发。那是一条朝圣之路，他默默倒计时，不以

[1] 译文：怪物。

[2] 译文：猛兽。

日计算，以分以秒。QQ签名都改成：我知道，我一定会见到你的！然而，等来的却是偶像离奇身亡的噩耗。他消沉了很久，直到遇见山猫。山猫是他见过的最有活力和魄力的人，能激发他进行无止境的音乐探险。他向来我行我素，给人的印象孤傲冷僻，可他在山猫面前就像个手舞足蹈的孩子，每个细胞都充满原始的快乐。谁能料到，山猫也会死于非命。这是上天残酷的玩笑吗？

在漆黑无人的海岸，圣鹰肆无忌惮地放声大哭。

云豹走进旅店顶层的酒吧，坐在圆形转椅上，要了杯龙舌兰。他含了一口酒，舌头微微发麻时才慢慢下咽，苦涩的味道溢满胸腔。酒精并没有减轻他的苦恼，反而加剧了对山猫的思念。山猫是他的队友，也是兄弟。

他们是在后海一家爵士乐酒吧认识的。

那时，他正徘徊在人生的十字路口。云豹生于音乐世家，五岁开始学小提琴，从音乐附中一路升入音乐学院，毕业后顺利进入万里挑一的国家交响乐团。但他多年来一直默默地迷恋着吉他，只要没有排练和比赛，他就躲在角落里拨弄那六根琴弦。无论去哪里，他都会携带两件乐器。小提琴如同他的正室，让他体面和荣耀；而吉他是他的情人，给他隐秘的快乐。他以为鱼与熊掌可以兼得，直到他看见西班牙皇家音乐学院吉他专业的招考通知，压抑许久的梦想就像火山爆发了出来。他满脑子都是马德里的灿烂阳光和络绎不绝的吉他大师，于是决心背水一战，争取这个千载难逢的机会。而当他的心力和体力再也无法同时支撑这两种乐器的时候,便萌生了放弃小提琴的念头。他最先告诉了母亲。母亲是个钢琴家，也是他的启蒙老师。她说，吉他永远登不了大雅之堂，一个人弹得再好也只是个配角。他没有争辩，因为即便说服了母亲，他也过不了爷爷这一关。爷爷一生从商，最痴迷的却是古典音乐。他签约交响乐团那天，爷爷举行了盛大的家族宴会，郑重其事地将他珍藏一生的意大利克雷蒙纳小提琴交给他。此后只要他参加演出，无论规模大小、距离远近，八十岁高龄的爷爷必然亲临现场。爷爷说过，要活到他成为乐团首席小提琴家的那天。

他左右为难，便泡在酒吧解闷，爵士乐能让他稍许放松。山猫也是这里的常客。云豹习惯要一杯玛格丽特，山猫则喜欢德国啤酒。彼此看着顺眼，自然就喝到了一起。他告诉山猫自己的苦衷。山猫斩钉截铁地说："辞职！因为你谈起吉他的时候满面光彩。普通人的一辈子也就三万天，把短暂的青春献给风情万种的吉他吧！"

他喜欢山猫形容吉他的词汇：风情万种。时而古典浪漫，时而激情狂野，可以低吟浅唱，也能澎湃高歌。演奏小提琴时，他必须是个绅士。而抱着吉他，他的心在翱翔，无拘无束，无忧无虑。于是，他辞职了，全身心投入吉他训练。可现实终归不是童话，他落榜了。西班牙皇家音乐学院考官看了他的演奏视频，写信对他说："你弹得很好，可惜不足够好，我们选择把吉他当作生命的人。"

他失去工作，跟家里闹翻了，便独自搬出来住，还被父亲切断了经济来源。用山猫的话说，一夜之间他从王子沦为屌丝。那又如何？他可以睡到自然醒，可以没日没夜地弹吉他了。他跟山猫和圣鹰创建了 Preyer 乐队，后来又遇到了志同道合的鼓手剑鱼以及雪狼。他们在地下通道和地铁站里卖唱，坐着绿皮火车穷游四方。青春不该如此吗？

"要不要跟我去趟民丹岛？"一周前，山猫问他。

他一口回绝。像他这种连马尔代夫都玩腻了的公子哥，对平淡无奇的小岛当然提不起兴趣。在他的朋友之中，山猫最喜欢旅行，得空就背起行囊去撒欢，还加入了一个登山探险队。有几次真够惊险的，山猫在攀登乞力马扎罗山时为了拍照而掉队，在暴风雪中独闯 13 小时后在吉尔曼峰顶与大部队汇合。还有一回，山猫在台湾花莲乘坐的大巴翻车，许多乘客受了伤，只有山猫一人毫发无损。他想想都后怕，而山猫总是笑嘻嘻地说："猫有九条命。"

可是这一次呢？阳光，沙滩，小岛，这应该是山猫最放松的休假，也是家人和朋友最不需要为他担心的旅行。

“很久没吃到这么鲜美的海螺啦！再配上一个冰凉的椰子，就像在天堂。”云豹打开手机，盯着山猫发给他的最后一条信息，视线渐渐变得模糊。他的余生都将陷在这一懊悔中，他没陪山猫一起去民丹岛。

太阳从海平面冉冉升起，圣鹰直挺挺地躺在沙滩上，四肢陷在沙子里，露着白白的肚皮，远看像是一条窒息的大鱼。

每次他睁开眼睛都希望自己能从噩梦中醒来。可第一个跃入脑海的声音就是：“山猫不在了！”这声音如此强烈，震痛他的每根神经，让他对来临的一天充满怨恨。他开始讨厌这个没有山猫的世界。他把沾满沙粒的手搭在脸上，放任悲伤将自己淹没。

仿佛有云飘过，阳光变得没那么刺眼了。他从手指缝中发现雪狼和云豹在俯视他。三缺一，缺一张山猫的面孔。山猫的脸是尖的还是方的？眼睛是大是小？圣鹰的脑子突然一片空白，他想看看山猫的照片，可那张遗像连同沙堡已被海浪卷得无影无踪，只留下几片残破的花瓣和贝壳。

“奇怪，我想不起山猫的样子了！”圣鹰叫道。

“吃饱了才有力气回忆。”云豹和雪狼把他拽了起来。

他们回到旅馆吃自助早餐。如焰已在窗边占了个四人桌，正用小勺蘸着蓝莓酱慢慢地往面包片上抹。她身穿黑色圆领布衫，脑后松松地挽了个发髻，但素颜仍引人注目。

雪狼问她睡得怎么样，她说：“发低烧，嗓子也痛。”

云豹说：“八成是昨晚让海风给吹着了，我马上改票，今晚就让雪狼送你回北京。”

如焰垂下脸，搅动着咖啡：“不用送，我丢不了。”

云豹对雪狼说：“你要当好护花使者，把如焰送进家门，不然我没法跟山猫交代。”

“遵命。”雪狼说，“后续……就拜托你了。”

云豹心里明白，已经没有什么后续事项了，他只想在海边再逗留两天，捕捉山猫残存的气息。一周之前，12 月 18 日，早晨 5 点，云豹接到山猫父亲的电话，说山猫昨夜在民丹岛独自乘橡皮艇出海，遇到风暴失踪。当天傍晚，云豹陪山猫的父亲和叔叔乘飞机赶到事发地点，警方已连续搜救了 10 小时，找回了皮划艇，但山猫下落不明。云豹八方求助，动员印尼华人游艇俱乐部和专业潜水团加入搜救。随着时间推移，希望越来越渺茫。事发 46 小时后，当地渔民在附近海域打捞上来一件红色短袖衫。云豹接到手里，顿感天旋地转。这是他陪山猫在三里屯一家外贸小店淘的衬衫，穿上很有明星范儿，像是为山猫量身定制的。曾经鲜亮的色泽被海水泡得发污，散发着霉腥味儿，扣子残缺不全。奇怪的是衣襟上还有道裂口，周围印着黑色的斑点，后来检验证明那是山猫的血迹。难道他在海上遇袭了？云豹和度假村经理交涉，经理称海上娱乐中心是独立运营的，与他们无关。云豹找到娱乐中心老板，老板拿出山猫签名的免责协议，指着白纸黑字给他看：“如果由于天气恶劣等不可抗力或设备使用不当引起的人员伤亡，本中心不承担责任。”老板说，他们的船上配有救生衣，山猫肯定没穿，水性好的人都有侥幸心理。他还反问云豹：“你朋友出来旅行为什么不买保险呢？”云豹见到了当天租船给山猫的员工，一个二十来岁的当地小伙子用蹩脚的英语解释说，那天他母亲生病了，所以他提前一个小时离开，并打电话让另外一个同事来接班，结果那个同事没来（他现在已辞职不见了）。直到夜晚天气骤变，娱乐中心暂停营业，才发现少了一只皮划艇。云豹看到租船记录本上登记的时间是 17 日下午 4 点半，租用两小时。而第二天早上 5 点，他们才开始报警。最宝贵的营救时间已经错过。云豹痛心疾首，他不是来找他们要钱的，此时钱毫无意义。一条鲜活的生命不见了，却没有人为自己的疏忽道歉。第六天，警方宣布停止搜救，山猫的父亲带着儿子的衬衫和一颗破碎的心返回北京。云豹召集乐队成员和如焰赶来为山猫做“头七”。他不愿意承认这是一场海边葬礼，而是称为祷告仪式。

在云豹发呆的工夫，圣鹰狼吞虎咽地扒完一碗椰浆饭，问：

“剑鱼知道这事吗？”

云豹说:“我发微信给他了，半晌他只回了一个字，‘哦’。”

“去他妈的，心让狗吃了！”圣鹰啐道。

云豹说：“当初他离开乐队，山猫郁闷了好久。”

雪狼说：“无言不代表无悲，隐身也不代表忘却。”

圣鹰嚷道：“我说你们这些打鼓的，心比鼓槌还硬呢。山猫尸骨未寒，就急着散伙儿！”

雪狼说：“别自欺欺人了。主唱没了，乐队还有什么意义？何况大家碰面就会想起山猫，难免伤心，不如四散。”

如焰赶紧端来一碟小鱼干：“你们尝尝这个，甜中带辣，后味无穷。”

云豹夹起一条金色的小鱼，端详着它干瘪透亮的身体：“山猫这家伙最爱吃鱼，想不到他竟会葬身鱼腹。”

在同一时刻，大家停止了咀嚼，泪水满溢。

▼

第二章

游游荡荡

淡淡的云，安静的海，乳白色的渡轮平缓行驶，很快便抵达新加坡的丹娜美拉码头，消除了一小时的时差，与北京时间达到一致。圣鹰、雪狼和如焰走出熙熙攘攘的港口，不由自主地回头望了望那艘静默的船。当时山猫就是坐这趟轮渡从新加坡去往民丹岛。可是，他没有返程。

他们在出租车站排了半小时的队，圣鹰把他俩先送上车。雪狼摇下玻璃窗，冲他挥手。圣鹰背着旅行包，两手插在裤兜里，吹了声口哨。

车子刚拐弯儿，两人的手便自然而然地握在一起。如焰把头靠在雪狼肩上，浑身软绵绵的，彻底放松后才感受到深刻的疲惫。山猫遇难至今，她饱受肠胃痉挛和头疼失眠的折磨，精神上也如同经历了一场过山车，震惊、怀疑、恐惧和负罪感交织在一起，奇怪的是，唯独缺少痛彻心扉之感。她不敢想却又不断在想一个问题：自己是否依然爱着他？

“师傅，麻烦掉个头！我们要去右边那家店。”雪狼突然发话。

“不是去机场的吗？”司机拖着客家腔。

“美食让我们改变主意了。”雪狼说。

车子绕过十字路口，停在路边。司机没好气地关闭计程器：“早知道是这样子，我根本不要拉你们的。”

雪狼给他五元小费，拉着一头雾水的如焰下了车，穿过马路，来到一家榴莲专卖店，浓郁的香味扑面而来。门口的摊位堆满大大小小的“刺球”，多达七八个品种，有的大如西瓜，有的形似葫芦，有的小巧结实。如焰满面欢喜。雪狼说：“饱餐一顿再赶飞机也不迟。”

如焰挑了个绿中带黄的猫山王，尖刺如锥，底部有颗五角星。摊主请他们入店坐下，把榴莲放在桌上，用长刀轻巧地刨去一小半外壳，露出鲜黄肥美的果肉，连同两双塑料手套递给他们。

如焰拿起一瓣果肉，贴近鼻子嗅了嗅，浑身都酥倒了。一口下去，香黏醇厚，比最正宗的法国奶酪还要沁人肺腑。

她叫雪狼赶快下手。他要了一杯薏米水，笑道："我喜欢看你吃。据说马来西亚很多种植园都是新加坡人开的，所以会把最好的榴莲运到这里。澳门赌王曾派专机从新加坡运走一百颗'猫山王'，从那以后这个品种便名声大噪。"

她明白了，雪狼并不好这口儿，是专程带她来过把瘾的。她从未跟他提起过爱吃榴莲，想必山猫不经意间说过。山猫十分厌恶榴莲的味道，有一次她在超市买了盒榴莲，把吃剩下的放进了冰箱。山猫一进屋便说有股怪味儿，把窗户全部打开。他打开冰箱拿啤酒，大叫"炸弹在此"，便捂着鼻子出了门，整夜未归。

不一会儿，半个榴莲下肚了，如焰把几粒光滑的果核摆在桌上："如果死前可以满足我最后一个愿望，但求榴莲一颗！"

雪狼笑道："吃货！"

如焰掰了一小块果肉，递到他嘴边："尝一口嘛！不然我都替你抱憾终身。"

雪狼拗不过她，皱眉吃了一块，神色渐渐舒怡起来："甜而不腻，后味清苦，唇齿留香。小小的果实竟蕴涵这么复杂的口感。"

"品榴莲如品人生。"如焰说着，还要喂他，他挥手道："足矣，我要慢慢克服心理障碍。"

“其实很多人没吃过榴莲，单闻它的味道就拒之千里，却不知错过了绝佳美味。”如焰说，“你已经勇敢地克服了偏见，山猫是断然不肯尝试的。”

雪狼说：“他是个爱憎分明的人。”

如焰低声说：“你真的相信他死了吗？我总觉得，他太强大，不会就这样消失。”

雪狼说：“他突然离去，我没机会向他摊牌了，对他造成了永恒的欺骗。我希望他能回来，如果他现在站在我面前，我会毫不犹豫地告诉他，我爱面前的这团火焰。”

她的身体向后缩，脸色发白：“不要……永远不要让那一刻到来，不然我宁可去死。”

圣鹰走回码头的出港大厅，坐在长椅上，打开手机谷歌地图，搜索去往新加坡国立大学的路线。从东到西要 28 公里，在这个弹丸之地也算远途了。他正思忖着坐公交车还是转乘地铁，突然肩上给人拍了一把。

是罗溪！她的齐耳短发变成了马尾辫，脸蛋依旧圆润，单眼皮笑起来眯成了缝，露出两颗小虎牙。她是他的高中同班同学，学霸一枚，当年以全年级最高分考入 Q 大物理系。三年前，他们在同学聚会上见过一面，临别时互相加了微信，也并没怎么联系，顶多给对方朋友圈发的帖子点个赞。他知道她大学毕业后在新加坡攻读硕士，从北京出发前随意跟她提了一句，说他去印尼旅行，会在新加坡转机。没想到她热情洋溢地邀他逗留一晚，还专门给他设计出“24 小时玩转狮城”攻略。

穿梭于牛车水的大街小巷，圣鹰就像回到了中国南方某个小县城，国货琳琅满目，到处都是黑头发黄皮肤、穿着大裤衩和人字拖、喝啤酒吃烤串、满口潮汕或闽南味儿的华语。

罗溪带他进了一家海鲜馆，门面不大，客人爆满。她说这里的螃蟹很正宗，每晚只供应 200 只，7 点之前就会卖光。他俩并排挤在靠墙的小方桌，仿佛回到了曾经的同桌时代。她问他怎么会心血来潮下南洋，他说是去印尼参加最好朋友的葬礼。

这时，硕大的斯里兰卡螃蟹上桌，红色的壳子裹着厚厚一层黑胡椒，雪白的蟹肉若隐若现。罗溪掰开一只蟹钳递给他：“替山猫尽情地吃吧，替他好好享受生活。也唯有如此了。”

圣鹰大惊：“你怎么知道是他？”

罗溪说：“看你的微信签名改成‘生命无歌’，我就猜到你们乐队主唱出事了。”

圣鹰吃了口螃蟹，鲜美无比，浓郁的辣味透着蟹香。生命无歌，还有酒肉。他想起个故事，有位女士想自杀，深夜给香港作曲家黄霑打电话，黄霑请她吃了一条苏眉鱼。饱餐之后，那女士觉得人生如此美好，就不再动轻生的念头了。是的，只要把情感需求尽量压低，用密集的味蕾代替纷繁的思绪，也许人生可以过得很开心。

饭后，他们登上摩天观景轮。远看圆桶形客舱并不大，圣鹰进去以后发现竟然可以容纳二十多个游客。舱体缓慢上升，几乎感觉不到移动，但视野渐渐开阔，形如莲花的艺术科学博物馆，榴莲壳状的剧场和璀璨的金融大厦尽收眼底，光芒四射的游船在新加坡河上悠然行驶，金沙酒店如宇宙飞船傲然挺立，从任何一个角度看上去都很壮观。

罗溪指着远方：“那边是印尼香料群岛，还有马来西亚柔佛海峡，白天会看得更清楚。”

圣鹰心头一紧。他越升越高，而山猫在海里越沉越深。生死的距离比亿万光年还要让人绝望。

罗溪似乎后悔提到印尼，连忙将话题转向高中时代的趣事。技能课考试，她焊错了线路，做出一个不会发光的验钞机，急得要哭，他跟她交换作品，光荣地替她得了个零分；他在校园艺术节上戴着黑帽子和白手套表演 Michael Jackson 的舞蹈，全场轰动，连校花都冲上去给他献花。

有些事他记得，有些已经忘记。他逗她：“那个大猩猩对你死心了吗？”他们班上高大黝黑的一个男生，绰号大猩猩，执着地追求了罗溪三年，有次圣鹰陪她去阅览室自习，出来还挨了他一拳。

罗溪捶他的肩膀。圣鹰问：“你在这儿怎么样？学习我就不问了，必然是全优，感情生活如何？”

罗溪低下头：“有个师兄对我很好，山东人。他去年毕业的，在大华银行工作，已经取得新加坡永久居留权。我第一次坐摩天轮就是他带我来的，转到最顶端时，他向我表白了，就像电影情节一样狗血。”

圣鹰说：“听上去很完美，你还等什么？”

罗溪看了他好一阵儿，双眸在夜色中熠熠生辉：“Love takes time.[1]”

山猫说过，他逛完红树林就回京。他在酒店预定了第二天早晨的游览行程，悠然地在海边餐厅享用海螺和椰汁。也许，那个傍晚的海水正蓝，云霞太美。青春是用来挥霍的，身体是用来享乐的，他突发奇想租个皮艇独自下海了。

于是，云豹来完成他未尽的行程。

云豹以为“红树林”就是像北京秋天时香山的红叶呢，而向导开着小破车，带他来到一条大河的码头。放眼望去，一片翠绿，河岸生长着茂盛的原始森林。向导是个质朴的印尼小伙子，中文讲得不错，因为他爷爷是福建人，当年迫于生计南渡到印尼小岛。他出生在红树林，二十多年从没离开过这条全长6.8公里的大河。它有个美丽的名字——思梦河。云豹问他想

[1] 译文：爱需要时间。

不想去福建寻根，他腼腆地摇头笑了，说：“我的根在水里。”向导带他上了一艘停靠在河畔的白色快艇，座椅上的桔色救生衣触目惊心。一个黑人从树下起身走来，轻快地跳上快艇。向导叽哩哇啦地跟他说了几句印尼语，告诉云豹这是船长。船长冲他咧开一口白牙，握住方向盘，刚要发动快艇，向导突然示意他稍等。云豹回过头，有个女孩正飞奔而来，挎包在腰间来回甩动。向导扶她上了船，她捂着胸口气喘吁吁地坐在云豹后面，背带短裤下面的长腿伸到他的座位旁。

快艇在宽阔的河面上飞驰，两侧枝繁叶茂，时而冒出悬空架在河面的木房子。向导说，印尼拥有世界上最大的红树林，不过毁坏的速度也最快，二十年间砍伐了近三分之一。所以灾难来了，发生了大海啸，因为红树林是海洋和陆地间的天然屏障。

行驶 20 分钟后，河道明显变窄，丛林越来越密，交错盘绕的树根好似龙蛇盘踞碧水中。船长放慢速度，遇到野生动物就停下指给他们看，河里有蜥蜴，树上有翠鸟和紫鹭。还有一只面孔黝黑、鬓毛雪白的小猴子从树梢间越过，向导说那是爱睡懒觉的银叶猴。有棵千年古树的老皮脱落了一块，露出的树干竟然是血红色。云豹突然真切地感觉到树都活着，跟他一样有血有肉，千姿百态的虬根像是心脏上的血管。他相信如果山猫看到这神奇的景象，必然十分欢喜，说不定会写出一首歌来。

坐在云豹身后的那个女孩一直在拍照。她嚼着口香糖，微微有点儿斗齿，下巴长而尖。当她竖起手机嘟嘴自拍时，云豹冲她打了个响指，指指她头顶上方。她仰头望了又望，发现一条深绿色的小蛇吊在枝头，正缓慢地卷起尾部。她惊叫一声，跳到云豹身边，靠紧他的肩膀。向导笑道："这种蛇没有毒，也不会轻易伤人。"

"我叫克莱尔。"她冲云豹眨眨眼。

这是一个注定被他遗忘的名字。中国姑娘报出个洋名，在他看来欠缺诚意，意味着他们无需知道对方的真实姓名、年龄和身份，并且没有长远交往的必要。一个失落的男人和一个寂寞的女人，上了一条"贼船"，这就够了。谁他妈在乎明天呢?

行至曲径深幽处，船长调转船头，原路返回。云豹意犹未尽。向导说，最近雨水少，河不够深，再往前走船会搁浅。他带他们去了河岸的一座木房子，是原住居民开的水果店。顺着竹梯爬上二楼，木瓜、芒果、榴莲香气四溢，成串的绿香蕉挂在窗台上。克莱尔挑了个又小又圆的菠萝，云豹拿了两只蛇皮果。老板娘把水果装进一个袋子，还对他俩说了句祝福语。

克莱尔说她住在娜湾度假中心，没有预定回程的车，于是很自然跟着云豹上了那辆小破车。云豹对向导说先送克莱尔，然后把脸转向窗外。他和山猫都是那种很有女人缘的男人，山猫看到喜欢的女孩会忍不住发骚，而他故作深沉的样子反而更有杀伤力。

“娜湾有个动物园，养了一只超大蜥蜴和很多漂亮的鸟，还可以骑大象。要不要去看看？”车子开出很远，克莱尔打破了沉寂。

云豹说：“还是去我那儿吧，有美酒和月牙形的泳池。”

她不作声了，两颊泛着霞光。

她跟着他进了房间，饶有兴趣地拿起床上的吉他。她笨拙地拨弄着琴弦，错音不断，磕磕绊绊地弹了一曲《我愿意》。云豹给她鼓掌，倒了两杯威士忌，加上冰块，在手里轻轻晃动。

她清清嗓子，弹出一段简单重复的旋律，柔声唱道：

我在纸上写你的名字，
我在墙上画你的样子，
我把你刻在心里，
从血液流遍全身。
我会想你一辈子，
我不知道怎么解释，
就在墓碑刻上你的名字。

她性感的身段竟然藏匿着如此伤感细腻的情绪。这是她写的词吗？是倾诉给他的心声吗？她到底渴望什么？无论如何，一个头发挡住眼睛玩吉他的女人有着无法抗拒的魅力。他突然血脉贲张，裤裆都要炸开了。他劈手夺去吉他丢在沙发上，把她推到在床。背带短裤的构造有些复杂，她手忙脚乱地帮他扫除了障碍，两腿翘到空中。他像头失控的斗牛横冲直撞，多大的床也不够用，枕头和靠垫滚到地上，连灯罩都打翻了。她几乎讨好般迎接他激越的冲击，欢愉的叫声明显带有伪装的成分，消除了他残存的一丝顾虑和怜惜。他用仅有的利器，竭尽全力捣毁她。

耗完最后一丝精力，他轰然倒塌，意识到被摧毁的其实是自己。她轻抚着他的脸，耳语道，夜晚我们再去一次红树林好吗，听说有很多飞舞的萤火虫。

他含糊地应允着，靠在她的酥胸，沉沉进入梦乡。

不知过了多久，他张开眼睛，望着陌生的吊灯和壁纸，恍然不知身在何处。床头柜的酒杯下面压着一张便笺，上面留着她的手机号码。

可他连她的样子都记不清了，只记得一对手感很好的乳房，以及交缠在他背上的长腿。极乐之后不可避免地陷入空虚和厌倦。

云豹翻过身，打算睡个回笼觉。头昏昏沉沉，意识却越来越清晰。他爬起来，冲个澡，打电话叫了份早餐，然后窝在床上，边看电视边吃虾饼和粿条汤。所有频道换完一遍，他把遥控器丢在沙发上，开始收拾行李。他再也无法忍受在这里多待一分钟。

出门前，他撕碎便笺，把它丢进垃圾桶。

如焰提前从印尼回来，还有个原因，为了赶在周日参加一场与山猫有关的画展。这是她的秘密，连雪狼也不知道。清晨，她揣着这个甜蜜而伤感的秘密转乘了三趟地铁，跨越大半个京城，来到通州宋庄美术馆。

潘教授身着笔挺的西装，在国际油画展开幕式上慷慨激昂地致辞，灰白色的头发梳得一丝不乱。他是山猫的导师，也是他的老板。去年教师节，她随山猫去学校看望过潘教授。他有很多闪亮的头衔：美术学院博士生导师，著名艺术评论家，顶级策展人，多家艺术机构的策划顾问。山猫跟他没大没小，玩笑不断，甚至敲着他的肚皮说："你再发福就成迭戈·里维拉了。"潘教授笑道："可惜没有才华横溢的美女画家投入我的怀抱。"她不敢多言，生怕露怯。

走下讲台，潘教授被团团围住，有记者要采访，有人要合影，有人毕恭毕敬地递上名片。他看见如焰，跟身边的人寒暄了几句，便径直走到她身边，凝重地说："节哀。"

如焰突然觉得自己像是山猫的遗孀，甚至为自己不够悲伤而羞愧。

潘教授说：“我本想去看看他的父母，可这个月的日程已经排满了。”

如焰说：“我会把您的问候带到他家里。”

潘教授叹道：“我少了一位得意门生和得力助手，而他父母失去的是唯一的儿子，那种打击是致命的。”

如焰的胸部有些发闷，移开话题：“山猫很崇拜您，他说遇到您是他人生的转折点。”

“你知道吗，那年报考我专业的研究生里面，山猫的笔试成绩是最低分，刚过录取线而已。他给我写了好几封邮件，恳请我给他一个面试机会。他说：‘当代没有艺术，只有信息和商品。伪艺术家用虚情假意、丑陋不堪的材料媒介惊吓和愚弄大众，引诱附庸风雅和投机倒把的人一掷千金。这种混乱局面的形成，是因为国内缺少有眼光、有胸襟、有担当的独立策展人。策展人必须首先是具有独立人格的艺术批评家，而不是受商业利益驱使的杂役。’他的有些观点虽然稚嫩和偏激，但是很新鲜，他有自己的眼睛，他相信自己的判断力。所以，我让他来面试。看到他的样子，我暗暗发笑。他不像是来考试的，倒像来考察的。他四处转悠，给大厅的雕塑拍照，给考生们建通讯录，还自来熟地跟视觉艺术系的女讲师大聊华丽摇滚。那种与生俱来的招摇并不让我反感。他有副好皮囊，在人群里一下子就跳出来了，还能讲一口漂亮的英文，这些使他具备成为国际策展人的潜质。” 回忆这些情景时，潘教授脸颊放光，两根长眉须翘了起来。

“这几年，他跟着我走了不少地方，做了不少展览，他天马行空的想象力和无拘无束的性情在现实中屡屡受挫，不得不在梦想和生存之间艰难地寻求平衡点。我常有意把难题抛给他，他总能另辟蹊径，苦中作乐，从虚幻的艺术理念和杂乱无章的作品中构建有价值的策展主题。我本打算带他参加明年的威尼斯双年展，还想推荐他加入中国海外文化中心巡展的策划团队……天妒英才啊。”潘教授连连摇头，频频叹息。

如焰垂下脸，用手指轻戳着毛线围巾上的小窟窿。

“逝者已去，生者共勉。”潘教授说，“随我去看看山猫策划的展览吧。”

几乎不加任何装饰的白墙壁上，黑色铁丝勾勒出画展的名称：She paints music[1]。没有华丽的画框，画作镶嵌在凸起的白色石膏板上，只有黑红白三种色调。穿长裙的女人，乐器、鲜花、窗户几乎是全部元素，但意境千变万化。油画竟呈现出水墨的质感，裙摆在飘摇，钢琴在流动，墨点与留白形成抽象的琴键。墙壁拐角处，挂着一把古典小提琴，还有几张旧报纸般的琴谱。

---

[1] 译文：她用画笔奏乐。

展厅中央有位身着五彩绸裙的妇人，银色卷发上缠着一条艳丽的纱巾。她晃动着肥胖的身躯，跟两个观众聊得眉飞色舞。

潘教授告诉如焰，所有作品都出自于这位澳洲女画家。山猫为这场展览费了很多心思，好不容易拉到赞助商，场地也是几经周折才订下来。每副作品的摆位，每个标签的设计，都凝聚着他的心血。可惜，他看不到这一切。

如焰恍然大悟。去年山猫到澳洲出差，在顺道探访麦克利岛的时候邂逅了一位女画家，回来以后念念不忘，琢磨着把她的作品推荐到国内。山猫告诉她，麦克利岛是个风景如画的艺术之岛，岛上两千多居民多半都是搞艺术的。这位女画家的父亲和哥哥都是乐手，母亲是歌手，她的画作就像凝固的音符。

女画家回头来，跟潘教授挥手，她有十八岁少女般明亮炽热的眼眸。潘教授给她介绍如焰，这是山猫的女友。她惊叹一声，给了如焰个热情洋溢的拥抱。

“你最喜欢哪幅画？”女画家直截了当地问她。

如焰又仔细看了这十七件作品，指指墙角边的一幅小画：穿黑色长裙的女人嫣然靠在钢琴边，侧脸隐在波浪长发中。四周绽放着鲜血般的花束。琴键上有只黑猫在躬身行走。标签右下角注明“Sold[1]”。

“毫无疑问，你是山猫的真爱。在澳洲他一眼看中这幅画。

[1] 译文：已出售。

这也是我最满意的作品，原本舍不得卖。他说要送给他心爱的女孩作生日礼物，我只好忍痛割爱。这幅画定价 5000 澳元，他当场付我百分之二十的定金，说好在北京展览完毕再取画。没想到，那是我们的最后一面……现在这幅画属于你了……”刚才春风满面的女画家此时泣不成声，睫毛膏融化在蓝色的眼影上。

如焰在那幅画旁伫立许久，泪水涓涓流下，四周无声也无影。也许她对他的爱已渗入骨髓，所以痛感来得那样迟缓，就像天空中漂浮多日的阴云终于化成了雨。

黑猫闪着魅惑的眼睛，踩着琴键由远及近，如同千百次出现在她梦中的初遇场景。

还没看到人，先听见他的歌声。有个古希腊哲学家说过，在种种艺术形式中，音乐处于最上等，文字根本无法言说。歌声像是从天上飘下来的，性感、明媚、嘹亮，让她瞬间觉得，拥有耳朵是一种莫大的幸福。突如其来的倾盆大雨，丝毫没有阻碍她奔向歌者的脚步。

狂风暴雨之中，人群瞬间消散。而她被魔音牢牢定在那里，没有打伞，黑色长裙裹在身上，一辆飞驰而过的汽车溅了她满身泥泞。广场上那个临时搭建的舞台摇摇欲坠，雨水流淌成河，她是唯一的观众。

他在舞台上发出胜利的号叫，脸部凝聚着狞厉之美，黑洞般的喉咙将她的灵魂吸了进去。绝对的高音，王者的权威，凌驾于她的思想、感觉和承受能力。她像一只被射中的鸟，等待着被他俘虏。

他走下舞台，来到她身边，仿佛有一个世纪那么久。她不断抹去脸上的雨水，试图证实这不是梦境。他那么美，兼具喜马拉雅山的冷峻苍劲和爱琴海的浪漫神韵，撕裂的衬衫露出结实的胸肌和一只臂膀，宛如古罗马战士。当他俯视的时候，宛如神一样照亮了她的面庞。

接受完他的洗礼，她才知道主人的名字是山猫。她在心里称他为主人，觉得自己就像是他从外面捡回来的小宠物。他赐予她爱，她便以爱为生。

几天之后，她迎着晨曦从山猫家走出来，花凉鞋的小细跟儿清脆地敲打着地面，浑身的经络都疏通了，肌肤似乎要渗出蜜来，无比惬意和富足。她写了条短信：爸爸，我非常幸福。可是，她无法发给父亲。路过一棵香气四溢的槐树，她从兜里掏出一枚断裂于他枕边的发卡，埋在树下，纪念少女时代的终结。

然而，那种幸福感并没有维持多久。当她还沉浸在你侬我侬的二人世界，他已经悄然转移注意力，去探索新的乐趣。他说，相爱不是你看着我、我看着你，而是我们挽着手一起看世界。她觉得不无道理，可她跟不上他的节奏，抓不住他的手，看不到除了他以外的风景。他宁愿开两小时车去郊区滑雪，也不肯在家与她静静地享受一杯下午茶；宁愿跟陌生人在酒吧闲聊，也不肯陪她重温一部老电影。那么多人和事都比她更有吸引力，占据他的眼球，抢夺他的时间，挑动他的情绪，这让她充满挫败感。

她认为苦恼的根源是他不够爱她，直到偶然在书中读到一句话：恋人初次相遇的情景非常重要，对日后的关系有所预兆。她又想起了从天而至的歌声和雨水，以及高高在上的舞台。他在台上主宰一切，她在台下洗耳恭听，她注定仰视他。他是她的偶像，从不是真实的爱人。

在他面前，她觉得自己的美貌毫无用处，才华更不值一提。至于个性，早已为了讨好他而放弃，她变得笨拙呆板。对他的迷恋无以复加，对失去他的恐惧便与日俱增。相伴三年，她顺从他所有的喜好和决定，从未跟他吵过架。每当嗅到火药味儿，她就会保持沉默。他随口说过，女人穿裙子就要露出腿，怕冷就别穿。为此，她清除了自己所有的打底裤和毛袜子。当膝盖在凛冽的寒风中隐隐作痛时，她觉得自己连一只宠物都当不好。宠物是擅长撒娇的，会用各种手段让主人满足它的诉求，甚至有时故意违抗命令以博得重视。而她羞于对他提任何要求，更不敢违抗他的旨意。

直到遇见雪狼，她才慢慢意识到，山猫之外还有一个新的世界，让她能够放松心情，享受风景。她才懂得，撒娇是女人的天性。对一个男人撒娇，意味着她可以充满自信地享受他的疼爱。

▼

第三章

谁是莫末

山猫醒了。白色的天花板，刺目的灯光，四面白墙。他的身体就像被夹板固定住了，一动也不能动。有个戴着蓝口罩的护士俯视他，眼里射出惊喜的光芒。很快，他面前聚拢了一群白衣天使。他无法出声，鼻孔和咽喉都插着管子，难受得要命。刺鼻的药水味儿让他作呕。他想尿尿。当意识到这个问题，小腹的压迫感已经很强烈了。此时他觉得自己不是一个人，而像条躺在案板上的鱼，任人宰割。他动动僵硬的手指，试图唤起注意，但医生和护士显然更关注他的心率和脑波。

膀胱几乎胀破了，脸都要憋肿了，每秒都是痛苦的煎熬。

一横心，婴儿般自我解放，灼热的液体丢下尊严喷涌而出。奇怪的是被子没怎么湿，屁股下面却湿透了，裤子黏着皮肤，慢慢冷却。

他如释重负，安安稳稳地躺着，又被一阵困意俘虏了。

一位老妇依稀映入他的眼帘。她的年龄似乎也不是很大，可是发白如霜，露着一块块突兀的头皮。眉间皱纹如刀痕，眼袋鼓得像鱼鳔，嘴角的水泡溃烂成片。布满血丝的眼睛一眨不眨地盯着他，似乎连魂都让他吸走了。

她拉住他的手，轻轻摩挲，温暖而粗糙。她念叨着“莫未，莫未，妈妈在这儿呢”，浑浊的眼睛渐渐润亮起来，就像沙漠冒里出了泉眼。

山猫用余光瞟见她握住的那只手，小巧玲珑，单薄的手背插着输液针管。而温暖粗糙的触觉还在真实地延续着。一种前所未有的恐惧感攫住了他。他缓缓抬起那只陌生的手，袖口露出明显属于女性的纤细胳膊。他大声号叫，曾经引以为傲的磁性嗓音也不见了，取而代之的是干哑颤抖的女声。

他的意识彻底错乱，从床上弹起来，疯狂地甩动手臂，打翻了输液架，装满药水的玻璃瓶碎了一地。针管也从手上滑脱，冒出一串血珠。面前的老妇早已吓得脸色煞白，拼命想要抱住他，反被他推了个趔趄。几个医护人员强行把他按倒在床，他挥拳踢腿，狂叫不止，力量却大不如从前，无论如何也难以挣脱，眼睁睁地看着那只瘦手臂被注射了一针，钻心地疼。他猜是镇定剂，心中的惊骇仍然尖锐，但浑身渐渐绵软，眼前的面孔也模糊起来。

山猫追忆生命的最后一个片段。茫茫大海，黑暗无边，暴雨如柱。他从寒战中惊醒，发现自己躺在船舱，积水已没过膝盖。橡皮艇在巨浪中旋转，剧烈的颠簸让他来回打滚儿。他死死抓住橡胶把手，牙齿不住地发抖，真是叫天天不应，叫地地不灵。说来也怪，他从小被失眠困扰，夜晚极少入睡，可那个傍晚他静静躺在船里，脱掉衬衫搭在肚子上，望着绮丽的晚霞，伴着落日余晖的宁静，竟神差鬼使地进入梦乡。他睡得那样深沉，孤零零地飘入大海深处，天色骤变也浑然不知。难道上天注定命绝于此？

苍穹划过一道壮丽狭长的闪电，似乎要劈开地球。雷声轰鸣，惊涛骇浪瞬间掀翻了皮艇，他落入冰冷的海中。泳技此时显得可笑，他屏住呼吸在浑沌中挣扎。不知什么尖锐的漂浮物划破了腹部，剧烈的疼痛加速了体力的消耗，铅一般沉重的双腿拽着他下沉，下沉。最后一道防线崩溃，咸涩的海水灌入他的口鼻，痉挛中模糊闪过一个念头，不能就这么完了。他的灵魂带着对生命的无限眷恋漂浮到海面，遗弃了沉重僵硬的躯体。

那么现在这个躯体是谁的？他心跳如鼓，手顺着小腹慢慢下滑，伸进裤裆。他最恐惧最担忧最不能接受的事已成定局，雄霸天下的武器不见了，最坚挺的力量消失了，从今以后脊梁骨都直不起来。

他用力掐大腿，除了疼痛，什么都没改变。

他环视四周，发现床头柜上的果盘里有把小刀，趁人不备便抽出来藏在枕下。他乖乖地装睡到傍晚，值班医生巡查完毕离开，莫未爸去打饭了，莫未妈把他的杯子掖好，从木凳上缓缓站起来，捶捶后腰，拉开抽屉扯了点手纸走出门外。是时候结束这荒谬的梦境了。他举起水果刀，划破自己的中指，血滴缓缓渗出来。

刀子闪电般被夺去。莫未妈不知何时冲进门，手心狠狠攥住刀刃，刹那间血流如注。山猫忙喊护士帮她包扎伤口。

她手上缠着厚厚的纱布，面无表情地对他说："往后你挨一刀，我也挨一刀，你跳楼，我陪你跳。妈妈再也不能忍受失去你了。"

山猫的心为之一颤。他自己的妈妈此时已经失去了儿子。

莫未爸进了门，大概听说了刚才的事，把不锈钢饭盒重重地搁在桌上，饱含忧愤地望着山猫。莫未妈给他反复使眼色，迫使他把怒气咽回肚子。她用那只没有受伤的手捏着勺子，一口口喂山猫吃饭。他无奈地张开嘴，味同嚼蜡。莫未爸如警卫般在屋里踱了几圈，摘去墙上的玻璃画框，反锁上窗户，又从床头柜里清除了绳子和叉子。

吃完饭，病房又来了一个女人，进门就喊姐姐姐夫，应该是莫未的小姨。她摘下围巾，把风衣挂在衣架上，劝莫未爸妈回家休息。他们磨磨唧唧不肯走。小姨说，我陪床寸步不离，一眼不合，你们放一万个心！说着连推带搡地送他们出门。

小姨坐到床边，剥了个桔子喂给他吃。果肉酸甜可口，他苏醒后初次有了食欲。她的秀发高高束在头顶，妆容精致，腰背挺拔，一举一动都很优雅，跟她姐真是天壤之别。仔细观察，两人的鸭蛋脸型和薄嘴唇亦有相似之处。

“你知道吗，被救上岸后，你整整昏迷了七天，没有自主呼吸，心跳每分钟只有 30 下，肺部出血严重，几乎所有的器官功能都衰竭了。你爸跪在抢救室门口祈祷，你妈一夜白了头。他们七天几乎没合眼，坚守到奇迹发生。没想到你刚醒就自残，害得你妈手上缝了好几针。作孽呀！”小姨眼圈红了。

“救上岸？我落水了？”山猫惊叫，又被自己怪异的嗓音吓了一跳。

“你投海了，你不记得？”

“我在哪儿投海？！”

“三亚海棠湾呀！你当时是不是喝醉了？”

“哪一天？”

“九天前，对，17 号晚上。”小姨拍拍脑袋，满面自责，“医生说你溺水时间过长，脑部受损，可能会有失忆后遗症。我不该说这么多刺激你，什么都别想了，未未，我只是心疼你妈，求你放过自己，也饶了她吧！”

山猫似乎明白了。名叫莫未的女孩投海和他遇难是在同一个时刻。他求生，她求死；他心有不甘，她心如死灰。难道两个人真的在生死线上错换了灵魂？那么，莫未的灵魂也许正潜伏在山猫的躯体中。若两人相遇，说不定可以魂归原体。山猫一骨碌坐起来，急着跟小姨借手机。

“这么晚了，你要打给谁？”

“给朋友报平安。”山猫抢过她的手机，先拨自己的手机号，关机状态。

他给云豹打电话，刚听到熟悉的声音“喂”，就紧张地挂断了。他不知道以何种身份与哥们交谈，难道说，嘿，我是山猫，告诉你件怪事，我变成另外一个人了。

他镇定了片刻，重新拨通了电话：“你好，我找山猫。”

“……你是？”对方的声音很疲惫。

“我是乐云文娱公司的小于，之前一直在跟他联系 Preyer 乐队来上海演出的事。”他信口说道。

“山猫出远门了，很久都不会回来。抱歉演出全部取消。”

山猫又给圣鹰打电话：“请问山猫在吗？我找不到他。”

圣鹰的声音沧桑了许多："我也找不到他，如果你哪天见到他了，告诉我一声。"

山猫最后给雪狼打电话。

雪狼简短而低沉地说："他死了。"

最后一丝希望破灭了，他的心坠入谷底。山猫葬身大海，找不回来了。尽管他的灵魂以这种荒谬的形式延续下来，可那完美的躯体不复存在。

他掩面哀号，觉得自己非人非鬼。小姨紧紧抱住他哭："宝贝你有什么想不开呀？这儿亮堂堂的，你热乎乎的，能呼吸，能吃东西能喝水，我们都疼爱你陪着你，为什么一定要闯到冰冷恐怖的阴曹地府呢？"

热泪和鼻涕如此真实，母性的怀抱温暖而芬芳。山猫又想起坠海的时刻，冰水贯穿肉身，黑暗吞没人生，他在极度恐惧中窒息。世界上还有比死亡更令人绝望的吗？如果当时能够换回一口空气，他愿意付出任何代价，哪怕变得瞎聋哑瘸，哪怕当牛当马当老鼠。他只要一口气！

他没有彻底消亡，这是命运的眷顾。他现在唯一能做的，就是让莫未重生。从今以后，没有山猫，只有莫未。不是他，而是她。跟原来的自己告别，比跟任何一个人告别都要艰难。我只能是莫未。她在心里千万遍重复着，眼泪汩汩而流。

三天以后，莫未才鼓起勇气站在洗手间的镜子前，第一次凝视自己的样子。这个披头散发、一米六左右的小女子穿着肥大的条纹病号服，泛黄的瘦长脸，高颧骨，两撇短眉，一双微微上挑的细眼。她摸摸自己的扁胸，不由骂道，女人长成这样，还他妈活什么劲？可转念一想，也许这并不是最糟的结局。这样总比一个平庸的灵魂植入山猫的躯体要好。

她最讨厌她的声音，因为难以接受性别错位，一张口就觉得自己是个变态。她倔强地保持缄默，别人问话尽量以点头和摇头回答。

还有一件郁闷的事。她看不清东西，病房墙上的海报全是重影，三米之外的人脸几乎没有五官。起初以为是病发症导致视物模糊，后来才知道这可怜的姑娘从小视力就差。妈妈拿来她的眼镜，可她戴上头晕眼花，刚走两步就摔了一跤。

终于熬到出院那天，妈妈把她裹得像粽子，秋衣外面套了件厚绒衣，戴上毛线帽子，还用纱巾包住她的脸，说千万不能着风。小姨在前面开路，她被父母搀扶着，从海南人民医院直奔美兰机场。身体是她的，又似乎不属于她，总不听使唤。她想快点走，可是肺像老化的风箱般呼哧带喘，心脏跳得紊乱，脚下如同踩着棉花。周围没人穿得这么臃肿，也没人走得这么吃力，大家向她投来好奇而同情的目光。办理乘机手续的时候，服务员推来轮椅让她坐，她没有力气推辞，觉得自己是个废物。

正值元旦，北京天寒地冻，枝丫光秃，一如既往地塞车。他们坐出租车来到方庄一幢陈旧的居民楼，没有电梯。她不好意思问自家住在几层，只感到头重脚轻，一步也挪不动了。爸爸在她面前弯下腰，她断然不肯。他笑道，你还没有一袋米沉呢。妈妈和小姨把她扶上他消瘦的脊背。他个子不高，她得搂紧他的脖子并使劲蜷着腿，才不会滑落下来。他一鼓作气爬到五层，停在一扇金属防盗门前，上面贴着红灿灿的“福”字。妈妈打开门，他气喘如牛，故作轻松地笑道，还是家里好哇。莫未走进小小的两居室，住进陌生的闺房。

比起简陋的客厅，她的卧室还算雅致，田园风情壁纸，牵牛花造型的吊灯，单人床上堆着沾满灰尘的毛绒玩具，宜家配套的白色衣柜和小书桌。窗前还挂着一串紫色的风铃，不时叮咚作响。

莫未一躺就是半个月，真是全新的人生体验。因为山猫从小到大没住过院，更没在家宅过这么久。如今她弱不禁风，站立超过十分钟就会头晕耳鸣，两腿打颤。她的意志被病体所囚禁，心里的火好像熄灭了，并不渴望外面的世界。而且，她不想让任何人看到自己这副鬼样子。

欣慰的是，书桌上摆着一摞 CD，里面竟然有杜普蕾大提琴精选集。黑白封面上的侧影十分优雅，她的披肩发搭在琴上，笑容谦和而灿烂。莫未从抽屉里找出一个古老的 CD 随身听，戴上耳机，《艾尔加协奏曲》缓缓响起。听过很多遍的曲子，此时在病榻上才领会到真谛。她一直觉得大提琴是雄壮有力的乐器，而杜普蕾将它演绎得百转千回，寸断肝肠，预示着她凄婉的人生。这位音乐天才在演奏鼎盛期患上了多发性硬化症，拿不住琴弓，连走路都成问题，28 岁便痛别舞台，卧床不起，曾被喻为天作之合的钢琴家丈夫也弃她而去，她的生活里只剩下医生、护士和几个老朋友，郁郁而终。莫未预感自己也会这样孤独以终老，而且身边连一个朋友也没有。更痛惜的是，只活了 28 岁的山猫还没有录制过一张唱片。

莫未终日沉浸在忧伤的旋律和心境中，无暇顾及年迈的父母。他们没有任何休闲和娱乐，唯一的使命就是照顾她。他们精心烹饪一日三餐，端到床头柜上劝她吃，放凉了再热，非要看着她吃完才动筷子。他们从不敢同时离开，一个人出去买菜，另一人便守在家里。他们悄悄收起房间里一切尖锐的东西，包括相框和铅笔，并给家具棱角贴上了柔软的防撞条。漫漫长夜她无眠，发现他们的身影在卧室门口交替闪现。她故意翻身或咳嗽，他们就赶紧躲开。

除了如厕，莫未最讨厌洗澡。当身上的汗味忍无可忍时，她才会钻进狭小的洗手间，把门反锁上，闭着眼睛脱光衣服，站在喷头下面冲洗。她拿浴球草草了事地给身上涂泡沫，偶然触到滑腻柔软的敏感部位，浑身都会起鸡皮疙瘩。不超过五分钟，她便用一条大浴巾把自己裹严，径直冲进卧室，钻进被窝，任头发上的水珠打湿枕头。妈妈有些纳闷，说以前洗澡要磨蹭半个钟头，现在动作比当兵的还快。爸爸低声说，孩子肯定是怕水了。

她偶尔很烦躁，会失控地冲他们发脾气。特别是莫名其妙的生理期来临，床单和被罩弄得一塌糊涂。她闻着那恶心的腥味儿，内心充满厌弃和屈辱，真想放火烧掉一切。她把床单抱到洗手间，半边拖在地上，半边丢进水池，拧开龙头哗哗地冲。妈妈抢着帮她洗，她歇斯底里地大吼，走开！妈妈不知所措地退出去，在客厅转了几圈，站在门外默默地注视她。她简直要在她灼热的目光里融化了，由此感知爱也是沉重的枷锁。

这对靠少量退休金维持生活的老人，竟然为女儿请了每小时八百元的心理医生。他每周来家里一次，试图打开她的心扉。他说，你有什么故事什么烦恼都可以讲给我听，这是我们两人之间的秘密。她说，无可奉告。他说，不一定讲过去的事，你脑子闪过任何念头都可以跟我分享，想哭想骂都随意。她说，我以前是个男人。他追问，什么样的男人？她说，一个强大、狷狂、顶天立地的男人。他推推黑框眼镜，在笔记本上飞快地记录着。

心理医生跟父母密谈过后，他们注视她的眼神更加关切和忧虑了。她猜医生是这么说的：莫未的狂躁抑郁症尚未康复，又出现了精神分裂症的端倪，需要密切的观察和漫长的疗程。

来探望她亲戚朋友大都显得神情局促。也难为他们了，因为她不是普通的病人，是寻过死的人。大家不知道怎么安慰和劝解她，生怕刺激她的神经。凡事想开、保重身体、体谅父母，车轱辘话来回说。跟他们待在一起度日如年。更可怕的是一些三姑六婆拉着她的手没完没了地絮叨，攥出汗了也不松开。于是她听到有人来了，时常蒙上被子装睡。

小开的到访打破了她沉闷的生活，就像一只色彩斑斓的蝴蝶送来了春天。小开走进卧室的第一个动作是拉开窗帘，让阳光充盈整个房间，然后从书柜里拿出粗大的紫砂笔筒，把里面的扇子和画轴哗啦倒在桌上，跑出去了。不一会儿，小开捧来一束艳红的百合花，放在她床头，芬芳扑鼻。

小开坐在床边，向她伸开十指，修长的指甲点缀着樱花和亮钻。“手是女人的第二张脸，改天我带你去美甲哈！”小开轻松的口吻和通透的笑声，让她觉得自己并没有经历一场鬼门关，而是感冒在家歇了两天而已。

“听说你失忆啦？怎么跟韩剧女猪脚[1]似的，那你还认得我吗？”小开指着自己的鼻子，略显婴儿肥的脸上忽闪着一双

[1] 指“主角”的意思。

充满喜感的大眼睛。

妈妈之前跟她说小开要来看她，她冷冷地问小开是谁。妈妈一怔，说小开是她的发小，小学初中都在一个班，两人腻在一起有说不完的话。后来她考上了本校高中，小开落榜了，去职高学酒店管理。毕业以后，小开当过导游，开过淘宝店，现在跟男友开了一家婚庆公司。小开是唯一一个每年生日都会送她礼物的朋友，而且随叫随到。

莫未说："忘谁也不能忘闺蜜呀。不过我脑子泡坏了，记忆断断续续的，就像偏远地区的电视信号，很多画面都成了空白。你讲讲我的故事吧。在你眼里，我是个什么样的人？"

"你呀，还真没什么故事。你是个听话的孩子，念书的时候不逃课、不早恋，上班以后不钻营、不偷懒。你就干过一件不听话的事儿，我们让你好好活，你偏去寻短见。真是不鸣则已，一鸣吓人。"

"我为什么要自杀？"

"你问我？我还要审你呢！你们公司大放福利到三亚开年会，要搁我高兴还来不及呢。你 15 号晚上还给我发微信说海棠湾超级美，你开完会想多待两天，敢情给自个儿选墓地呢！"

"说不定我是被谋杀的。"

"你这旱鸭子半夜三更下海显然是找死呀！幸亏有个游客看见你扑进海里，赶紧呼救，晚几分钟你就完蛋了。"

莫未不吭声了。难以想象，一个不会游泳的女孩怎么会有勇气在深夜投入冰冷的大海，她对生活该是何等绝望。换作山猫，活上一千年都不过瘾啊！

小开说："我早该来看你的，赶上我爷爷中风住院了，家里也是一团糟。"

莫未问："老人家现在怎么样？"

小开说："下不了床，也说不出话，看着可揪心呢。下周我去给他算算。"

莫未说："算命？别逗了，这节骨眼儿上你该多陪陪他，而不是整这些没名堂的事儿。"

小开说："先前我也不信这些，但柳师傅真的不一样。她天生是个神人呐！不属于任何流派，也不贪图钱财，就随缘跟你聊聊天，聊得投机就多给你泄点密。我第一次见她，她连我生辰八字都没问，就说我有情感纠葛。那会儿我刚遇上小鲜肉摄影师，正意乱情迷呢，甚至想跟老马分手。我就问她该选谁。她说，你要嫁的人属马，其他都是浮云。我的天，这说的就是老马呀！"

莫未说："这算什么神奇？去算命的年轻女孩多数都是为情所困。她随口说你嫁属马的，假如老马和小鲜肉都不属马，你会认为你的真命天子还没出现。"

小开说："我还跟她提到我月底要去日本旅游，她竟然说我去不成，因为有朋友出事。我吓坏了，问她什么事，她说：‘命中有劫，大难不死。现在想来，说的就是你呀！’”

莫未冷笑道：“我的问题连上帝也解答不了。”

这时，妈妈端着果盘进来了，看她跟小开聊得欢，脸上露出罕见的微笑。小开用牙签喂她吃草莓，两人又闲聊了一阵。

临走时，小开鸡啄米般在莫未额头上吻了一下，让她心旷神怡。

莫未收到快递，拆开盒子是一部红色老款三星手机，套着卡通小熊保护壳。原来是海棠湾酒店的工作人员在海边捡到了她的手机，特意从通讯录里查到家里电话，询问地址后寄过来的。

妈妈给酒店人员打电话致谢，说还有一件重要的东西遗失在海边了，是个金色的香包，上面绣着莫未的名字，请他们千万留心，找到必有重谢。爸爸说：“我找了那么久都找不到，肯定掉在海里了。”妈妈愁容满面地望着莫未：“你再想想，你下海的时候戴着它吗？有没有落在房间里？”爸爸打断了妈妈：“别再让孩子回忆任何事情！丢就丢了，没什么大不了。”妈妈说：“那是她的护身符呀！”爸爸说：“未未活过来，这就够了，上天一直在保佑她。”

莫未悄悄问妈妈护身符是什么回事，妈妈的眼睛掠过她，木然地望着窗外："你小时候体弱多病，姥姥偶遇一位云游四方的道长，诚心求来护身符，亲手绣上你的名字，从没离过你的身。姥姥生前最疼你，我却没照顾好你。"莫未说："就是照顾得太精细了，我才那么脆弱，以后多给我留点空间吧。"

她摆弄着小巧的手机，觉得它似乎带有体温，让自己跟那个隐匿的灵魂发生了某种关联。她心里叨念着，这不算偷窥隐私哦，因为我现在就是你，我必须了解你的过去。手机通讯录里只有 122 个联系人。这可怜的姑娘以前应该是单身狗，没什么跟她嘘寒问暖的男人。微信聊天记录平淡无奇，三年只发过 25 个朋友圈，基本上是花草猫狗，令她猎奇之心大失所望。要知道，山猫有上千个联系人！

浏览完纷杂的工作信息，她大概得知莫未以前在一家广告传媒公司当会计，加班是家常便饭。总经理凯文给她发过几条微信，略显暧昧。比如"来杯咖啡，放松一下""辛苦了，晚安"。在她看来，男人对女人说晚安是刻意流露温柔，体现了对她八小时以外的想入非非。凯文发给莫未的最后一条微信很奇怪——"806"，时间是 12 月 16 日晚上 9 点半，莫未投海的前一天。这三个数字，很可能是房号。她侦探般兴奋起来，迅速翻查通话记录，两人 15 号中午通话 3 分钟，16 号傍晚通话 59 秒。她心里打满了八卦的问号，脑中过电影般浮想联翩。会不会是这傻丫头误入虎穴，失身后羞愤难当去寻短见？

坐久了，她又开始耳鸣，如同数只马蜂在脑中嗡嗡乱飞，头疼欲裂，恨不得撞墙。她扑在枕头上，乱叫乱骂。父母急得团团转，往她太阳穴上涂万金油，拿冰袋敷额头，翻开抽屉找止痛片。她痛惜自己被逆转的人生，性别弱势，丑陋不堪，还恶疾缠身，真是个彻头彻尾的 loser[1]。她让妈妈放音乐给她听，连换五张唱片都嫌吵。她打翻了爸爸端来的药片和温水，决心背水一战，死扛死撑，摆脱药物依赖。折腾够了，她浑身被汗水浸湿，软绵绵地瘫在床上，嘴巴还不依不饶：“公司这帮王八蛋，用人的时候恨不得榨干骨髓，如今老子歇菜了，竟没人露面儿！”

妈妈说：“哪的话，你出事的第三天，还在昏迷中，你们老总和财务主管专程到医院看你，还给咱捐了两万块钱呢。”

头不疼了，莫未心血来潮，给凯文拨了个电话。一片嘈杂声，对方压低声音说“稍等”，片刻后安静了，他应该是走出了会议室。

“莫未，是你吗？你怎么样？”

“没死哎。”

“谢天谢地，听到你的声音真好。”

“我有一个月没上班了，你们打算开除我吗？”

对方停顿了片刻：“公司会考虑为你停薪留职，先养好身

[1] 译文：失败者。

体要紧。”

“806。”莫未故意冒出一句。

“什么？”他显得很茫然。

“我说 886，拜拜咯。”她挂掉电话，突然冒出一个念头，过段时间混到公司上班，慢慢调查莫未寻死的原因。

自从有了手机，莫未的生活像是打开了一扇小窗，对外部世界产生了模糊的渴望。她希望收到讯息，从清晨等到日落，往往只有几个售楼和贷款广告。她想跟以前的朋友联系，可除了乐队成员的电话，其他人的号码她都记不得。即使记得，她也无话可说。山猫的世界已经向她关上了大门，而莫未的世界她无所适从。

我到底是谁？人若连续思考几天这类的问题就会发疯，而莫未时时刻刻都在质疑自己的身份。异己感常使她陷入不安和迷茫。有时她想，自己仍是山猫，想他所想，爱他所爱，应争取他所喜欢的生活方式。但外形和社会关系却不断地扭曲着她，迫使她返回莫未应有的轨迹。不过得承认，分裂的生命状态亦胜过死亡，她至少能感受到自己的存在。因此，她对命运的感激多于嘲弄。

有个电话早就该打，可她拖了又拖，说不清是恐惧还是担忧。出事之后，还没跟亲爸亲妈联系过。知道他们痛不欲生，但是她不想面对，也无法向他们解释这荒谬的现状。她甚至有种残忍的想法，干脆就此彻底消失，反正他们以为儿子死了。

从前日子过得很快，每天忙忙碌碌总觉得时间不够用，好多事情来不及做。而现在的节奏很慢，就像进入了迟暮之年，无事可做，终日闷坐。

临近春节，父母买来许多年货，忙着大扫除，贴窗花，挂灯笼，贴福字。屋里有了喜气，莫未感觉身体似乎轻松了些，头没那么疼了，能够站立的时间也略长了。她开始在屋里慢慢走动，还从网上找了一套复健体操的视频，开始活动快要生锈的筋骨。父母十分欣喜，赶紧给她买来瑜伽垫和健身球。

除夕之夜，妈妈烹炸炒煎，做了一大桌子菜，问她想喝什么饮料。她脱口而出，啤酒。家里没有存货，楼下小卖部也关了。爸爸特意跑到邻居家要来两瓶青岛啤酒，找了个小杯子要倒酒，莫未拿起一瓶，熟练地咬掉盖子："一人一瓶省事儿。"爸妈都愣了："你向来滴酒不沾的。"莫未仰头痛饮："那不白活了！"

酒足饭饱之后，伴着劈啪作响的爆竹声，莫未跟父母窝在沙发上看春晚，嗑瓜子。这种情景可以追溯到山猫的童年。再长大点，山猫就没有跟父母一起看过电视。父亲工作忙，经常晚归，母亲看的那些冗长连续剧他都不感兴趣，喜欢待在自己的房间里上网听音乐。

莫未提出年后要去上班，父母坚决不同意，说她身子还虚，至少要休养到五一。她担心自己被炒鱿鱼，妈妈说会计是旱涝保收的专业，不愁找不到工作，大不了去私企。天呐！会计？这是山猫大学时最讨厌的科目，难道以后要以此为生？一个具有非凡潜力的策展人将要沦为漏洞百出的蹩脚会计。想到未来的日子，她悲观而迷茫。

晚会没什么好节目，但她享受这种温暖安逸感觉，一直坐到零点，窗外烟花漫天。她的自恋情绪又开始发酵，觉得山猫就像一束烟花，在夜空中绚丽绽放，光芒与星月齐辉，激情在瞬间喷涌，转眼那些金丝银线便化作光点，消散在黑暗中。

当钟声敲响，莫未的手机也响了，传来小开甜脆的声音："亲爱的，新年快乐！"

莫未笑道："够准时的。"

小开说："从认识你的那年起，每个除夕我都准点给你打电话，二十年啦。所以你以后不许犯傻，不然我找谁拜年去。"

莫未心中一颤。原来女人之间的友谊可以如此坚固深厚，难怪有人说，男友是奢侈品，闺蜜是必需品。她问小开："你的新年愿望是什么？"

小开说："希望今年老马会跟我求婚。跟这死鬼纠缠七年了，就怕草不嫩了，马不肯吃。"

莫未笑道："原来婚庆公司老板娘盼着当新娘呢。这还不简单，给别人策划婚礼时间问他最喜欢哪种形式，逛街路过卡地亚钻戒多看几眼，给他转发马尔代夫旅行广告，用各种方式暗示他。”

小开叹了口气：“如果男人没有百分之百的意愿步入婚姻，婚后恐怕凶多吉少。”

莫未说：“男人十有八九只想要个稳定的性伙伴，对婚姻既没有概念也不憧憬。直接跟他说，要么去领证要么滚蛋！”

小开乐了：“这话从你嘴里说出来怪怪的。那你有什么愿望？”

莫未说：“找回自己。”

大年初一，妈妈想带莫未去姥姥家拜年，她推说头晕，不肯出门，其实是不想跟那些陌生的“亲戚”寒暄。妈妈很无奈，让爸爸留在家里陪她。莫未说：“你俩去吧，不然姥姥见你一人来，还以为夫妻俩闹别扭呢。”爸妈小声嘀咕了几句，爸爸还是留下了，妈妈独自提着点心和水果走到门口，回头对莫未说：“今儿天气好，你跟你爸下楼放鞭炮吧。”莫未坐在沙发上玩手机，头也不抬地应了一声。妈妈换上棉靴，又嘱咐她：“别老窝在家里，晒晒太阳有利于恢复，你要是不想放炮，到后院看看梅花也好。记住时间不能太长，最多半小时。”

莫未像鞭炮被点燃般叫道：“别婆婆妈妈的，我又不是傻子！你们都走啊！快走，让我一人清静清静！这根本不像一个家，简直是个牢笼！”

爸爸欲言又止，拿起茶几上的小收音机走进卧室，轻轻把门掩上。妈妈原地愣了片刻，走出家门。她的动作那样迟疑，似乎有一千个不放心。

莫未把手机里的小游戏全都打通关了，伸个懒腰，四仰八叉地躺在沙发上，发现父亲的脸从门缝一闪而过，真是好气又好笑。

她走过去，一把推开门。父母的卧室似乎比她的还要狭窄，而且朝北，进来便感到一丝阴冷。陈旧的暗红色木衣柜露出斑驳的裂痕，五斗橱的塑料把手用胶带修补过，靠墙的一摞储物箱快堆到房顶了，摇摇欲坠。

爸爸坐在床头，把耳朵贴在收音机上听京剧，见了她连忙起身：“饿了吧？我下点面条儿去，昨儿还剩了半只烧鸡呢。”

莫未说：“你们究竟要监视我多久？难道我上班以后也要跟着我？”

爸爸神色尴尬：“是不太放心……心理医生说，如果不彻底治好抑郁症，还会有危险的。前几天我看到一条新闻，心里特别难受。台湾有个年轻的女作家那个[1]了，以前也试图过，都被救回来，可这次……她的父母是教授，都不能挽救她。而

[1] 指自杀。

我和你妈肚里没墨水，嘴又笨，不知道怎么开导你，也没法判断你的病是不是好了。”

莫未问：“我什么时候开始抑郁的？”

爸爸说：“可能是大学毕业以后吧。你一直很乖很懂事，我们都没觉着你不对劲儿。所以，那场打击太突然太要命了。”

莫未说：“经历这事之后，我想通了。好死不如赖活着，你们的担心是多余的。”

爸爸沟壑纵横的眉间豁然舒朗。

直到晚上，妈妈也没有回来。当莫未不由自主地看表，并竖起耳朵听门口的动静时，她对这位悉心照顾自己近两个月的老人产生了某种奇特的牵挂。虽然没喊过她一声“妈”，但她不得不扮演她的女儿，久而久之也许会假戏真做。

她旁敲侧击地问爸爸：“妈是不是跟舅舅他们搓麻呢。”

爸爸说：“她中午在姥姥家吃完饭就走了，说是去逛逛庙会。”

莫未抢过他的手机，看她中午发来的短信，揣摩她的语气和心情，想象一头稀疏白发的她在寒风中瑟瑟发抖，庙会的欢闹映衬她的孤单。打了几次电话，都没人接。

莫未让爸爸出去找她，爸爸说：“让她散散心吧。不会有事的，她放不下你。”

果不其然，11点钟爸爸的手机接到她的短信：“未未睡了吗？”

莫未立刻回复：“还没，你在哪？赶紧回来。”

“未未烦我，今晚就我住她姨家了。”

莫未后悔了，如果刚才回复已睡，说不定她就肯回来了。

第二天莫未一睁眼，妈妈像往常般在厨房忙碌。

她洗漱完毕，坐到餐桌前，妈妈给她端来蜂蜜柠檬水和蛋糕，又剥了五颗洁白的鹌鹑蛋放在小碗里，用开水冲净上面的壳渣。

道歉之语在她心里盘旋了几圈却说不出口，妈妈先打破了僵局，递给她一个韩式丝绸发卡：“庙会真没劲，都是些小孩玩具，没什么可买的。”

莫未硬着头皮戴上发卡，恨不得立即冲到理发店剪短自己乱蓬蓬的长发。

妈妈笑眯眯地望着她：“年轻怎么打扮都好看，不像我这丑老太婆，该戴假发了。”

莫未看过她以前的照片，油亮卷发，挺精神的。如今因为女儿，憔悴得不成样子。她忍不住问道：“当时你们守了我七天七夜，如果我没醒过来呢？”

妈妈说：“我会陪你去。你胆子小，连鬼片都不敢看，怎能一个人走夜路。”

她的口吻平和轻松，莫末听得心惊胆战。天下的母爱大同小异。山猫已经“死”了这么多天，他的妈妈会怎样？

胡乱吃完早饭，她躲进卧室，给山猫家拨了个电话，只听得妈妈一声轻柔的“喂”，鼻子就酸了。声音那样空灵，仿佛整个人都飘在空中。她感觉如鲠在喉，咬住指关节，屏息保持沉默，那边也是一片宁静。

尽管不愿承认，但事实是山猫曾经十分渴望离开家庭，摆脱妈妈。他一度怀疑自己是不是她亲生的孩子，因为他们的性情有天壤之别。他热情似火，放荡不羁，而她冷僻内敛，凡事都要讲个规矩。家本应是最放松的地方，对山猫来说，家里反而比外面拘束，他要记得每件物品摆放的位置，以及家务的规则细节，以免招致她的不悦。

记得小时候有天写完作业肚子饿了，跟妈妈撒娇要东西吃，她说：“谁让你不好好吃晚饭，睡前 3 小时不得进食。”口气不容商量。他偷偷从冰箱拿出半块面包吞了，刚上床，被妈妈勒令去刷牙。他关掉灯，说今天太累啦，破个例嘛。她打开灯，硬是把他从被窝里拖出来。他站在洗手间，带着怨气喷出满口泡沫，妈妈站在身后说：“你弄脏了镜子，擦干净才可以睡觉。”那一刻，他不想再把她的刻板归结于医疗行业和处女星座，而是认定她不够爱他。

这样的妈妈，是不可能接受摇滚乐的。只要她在家，他就无法享受环绕音响带来的快感和震撼，不得不戴上耳机听心爱的 CD。即便如此，他时常在兴头上被干扰，从魔幻世界跌入她的冷面冷语："说过多少次了，久戴耳机会损伤听力！"

让山猫更难以接受的，是她从生活的规矩上升到观念的束缚。他带如焰回家吃过一次饭，事后妈妈问他："你跟如焰是认真的吗？"他说："当然认真了，她是我目前最喜欢的女孩。"妈妈追问："你打算娶她是吗？"他差点呛了："那个太远了，还没想过。"妈妈又摆出严肃的面孔："既没想过娶她，怎能说你们是认真的？她告诉我她没有父亲，你应该知道吧？"山猫说："知道，她父亲在她上中学的时候生病去世了。"妈妈说："这种单亲家庭的孩子……"山猫几乎是粗暴地打断她："你这是思维固化！单亲家庭有正常孩子，双亲家庭也有异常孩子，小焰的性格非常完美。"妈妈说："我从她眼睛里已经看到了忧郁和自卑。"山猫说："那只会让我更爱护她。"妈妈淡然道："你不会的，你没有使她幸福的能力。"

对于热恋中的山猫，这句话非常讽刺，似乎带着某种不详的预感。此后，他再也没有让如焰见过妈妈。

百无聊赖的下午，莫未看完床头最后一本《生活周刊》，呆望着天花板。小开突然风风火火跑到家里来了，问她要不要去雍和宫见柳师傅。小开说，她一天只见十五个人，再晚就排不到了，机会难得，失不再来！莫未刚要拒绝，转念一想，反正也是闲着，不如去会会这个江湖骗子，给她个下马威。

正在厨房和面的妈妈发话了：“未未哪儿也不去，她要睡午觉。”

莫未说：“我睡够了。”

妈妈说：“你站久了会头晕。”

小开跑进厨房：“阿姨，我不会让她站着，来回都打车，保证下午 6 点之前到家。”

妈妈说：“外面风呼呼的。”

小开摇着她的胳膊：“阿姨，出去透气对她身体有好处，您总不能一辈子把她关在家里呀。”

莫未走过来，一字一句地对妈妈说：“放心，我不自杀，这是我对你的承诺。”

妈妈一愣，用浮肿的眼睛凝视着她，抬起手背轻轻捋过她的头发，转身掀起围裙擦擦眼睛，又拿起擀面杖：“等你回来吃饺子。”

莫未打开衣柜，第一次为穿衣犯了难。小开帮她找出一件米色羊毛衫和牛仔喇叭裤。她穿好连镜子都没敢照，觉得自己像个小丑。出门时，她的手掠过挂在门背后的粉色羽绒服，趁人不备迅速拿起爸爸的黑夹克，跟小开奔出家。

两人上了出租车，小开说：“师傅，红螺寺。”莫未说：

“不是雍和宫吗？”小开笑道：“说那么远的地儿阿姨能放你走？”

莫未摸摸兜：“糟糕，只有老爷子买菜剩的零票，算命一次多少钱？”

“给多少钱都随意，有人就送她一些特产。”小开提起手里的稻香村点心，“我都给你准备好了！”

车子驶入郊区，群山环抱，树木苍劲，天空蓝的刺眼。远看红墙灰瓦立于松林之中，佛教圣地自有清雅之气，莫未有重见天日之感。她们来到红螺寺外的一片小店，门口排了十来个人，冻得又跺脚又搓手。队伍里有个敦实的男子，冲她俩挥手。

他埋怨小开忒肉，然后关切地看着莫未：“你还好吧，今儿这身够另类的。”

莫未猜到这是小开的男友老马。她把夹克领子竖起来，冲他点点头。

小开说：“甭废话，麻利儿的给我们买包栗子暖暖手！”老马领旨般奔向不远处的炒货店。

又等了二十分钟，轮到她们了，小开把莫未推进小店。

店里摆着观音雕像、佛珠镯子、香火蜡烛等物，柜台后面坐着昏昏欲睡的女店员。侧面有一扇小门，垂着花布帘子。莫未掀开门帘进去，好个袖珍小屋，只能摆下一桌二椅。一位瘦小的中年女子示意莫未坐下。她看起来毫无特异之处，稀松的头发盘在脑后，鼻梁上架副眼镜，身着白色中式盘口衫，翘着二郎腿，手捧一杯热茶。莫未叫了声柳师傅，把手里的点心盒放在木桌上，坐到她面前。

她上下打量着莫未，安然的神情不见了，镜片后面的目光突然变得锐利，甚至有点惊惶："你是谁？"

莫未说："我也想知道。"

她放下茶杯，低声自语："鸠占鹊巢，恐不持久。"

莫未浑身一颤，像是在茫茫苦海里抓住了救命稻草："我该怎么办？"

她摇摇头，起身便走。

莫未追问："求你告诉我，我还能不能回去？"

"当守口如瓶，若泄露天机，则万劫不复。"她头也不回，匆匆跨出门去。

莫未被绝望的潮水淹没了。听见门外一阵骚动，她行尸走肉般跟出来。

柳师傅被几人围住："师傅您这是哪儿去？我们还等着呢。"

柳师傅说："都回吧，不算了，今天算不了啦！"

小开挤到她面前："柳师傅，还记得我吗？挨这儿冻了大半天，好歹给我说两句。"

她摆手道："大限将至，悲喜枉然。"说罢，脚下生风般走远了。

莫未和小开原地发愣，老马递上糖炒栗子和烤白薯："不算拉倒，咱爬山去呗？"

这时，小开的手机响了。接完电话，她脸色煞白："爷爷脑溢血，病危。"

▼

第四章

往日情怀

春暖花开的日子，莫未来到静安里的星空出版社。如焰毕业后一直在这里实习。莫未站在树荫下，望着马路对面那座灰色的写字楼，竟然有点紧张。出事以后，她最不放心的就是如焰，她那样纯真柔弱，就像一株小小的素馨花，离了山猫的照耀怎么能活下去呢？

五点半，如焰和一位女同事说说笑笑地从楼里走出来。她穿着黑风衣，腰身紧束，裙摆飘摇，衬得肤色更加白皙。莫未本能地躲到树后，看着她们沿街走出百米，才悄悄地跟了上去。为了守住目标，她戴上了深恶痛疾的眼镜。

进入熙熙攘攘的三元桥地铁站，如焰和同事被挤散了，只得挥手道别，独自随着人流艰难移步。莫未见缝插针地往前钻，不远不近地追随她。地铁进站了，如焰好不容易排到门口，却被后面呼啦啦冲上来的乘客拱到一边。再次奋战时，莫未站到她身后，双臂展成拱形，挡住各种蛮横的撞击，临近车门还暗中推了她一把，两人才顺利登车。

几站过去，车厢宽松了些，莫未靠在车门侧面的栏杆上。如焰走到车厢中部，高举右臂握着扶手，左手轻压在挎包上，望着窗外飞驰而过的广告屏幕，似乎陷入遐思，游离于喧嚣之外。已经二个多月了，她还穿黑色的衣服和鞋子。莫未甜蜜而伤感地想，此时她是不是在思念山猫?

以往在山猫身边，如焰总是小鸟依人，低眉顺眼。作为一个旁观者，莫未今天才发现如焰的回头率是百分之二百。白发长者乐呵呵地望着她，男学生的目光越过手机屏幕偷偷瞟她，女人们斜着眼睛打量她。有个男人因为多看了她两眼，还挨了妻子的白眼儿。那情形堪比古代美女罗敷出场，令耕者忘其犁、锄者忘其锄。

途中如焰等到一个座位，刚坐下就看到有个抱孩子的女人上车，连忙起身让座。孩子用胖乎乎的小手给她打飞吻。一个胖子从如焰身边挤过，故意用肚皮蹭她的后背，然后嬉皮笑脸地说对不起。如焰漠然地看了他一眼，又陷入沉思。莫未怒火中烧，恨不得给他两拳。原来如焰每天都要这样辛苦奔波，她后悔以前没有经常开车接送她上下班。

终于到达终点站，莫未紧随她下车，还伺机狠狠地踩了那个胖子一脚。

如焰步伐轻快，踩着金色的晚霞，像个刚放学的孩子，一会儿看看路边怒放的迎春花，一会儿停在报亭翻杂志。眼看快到她家了，莫未鼓足勇气上前搭讪：“你好，请问这附近有个阿明鱼馆吗？”

那是山猫和如焰以前最喜欢去的餐馆，点上一大盆鲜美的江团鱼，再要两瓶冰镇啤酒，秘制辣酱十足过瘾，想想都要流口水了。

“跟我来吧。”如焰十分爽朗。

莫未既欣喜，又担忧。喜的是有机会跟她并肩而行，忧的是她无防人之心，被跟踪了这么久也未曾察觉，还给陌生人带路。

莫未跟她的身高差不多，正好可以平视她的侧脸。这是一个全新的角度。莫未发现她的脖颈很长，耳垂下方还有一颗小小的红痣。她抬手捋头发的时候，莫未注意到那纤细的中指还戴着山猫送她的戒指。

莫未没话找话：“你的风衣很好看，我从来没见过这种古典款式。”

如焰莞尔一笑："就在那边华联商场买的。"

莫未说："只有黑色吗？我觉得你穿亮色效果会更好。"

如焰说："黑色符合我的心境。"

走到十字路口，如焰指着右侧的巷子说："从这穿进去，二百米左右就能看到阿明的招牌了。"

在分别的时刻，莫未终于可以坦然面对她的双眸。其实她的躲闪是多余的。对如焰来说，她是个彻底的陌生人。曾经最亲密的恋人，也无法穿透这层薄薄的皮囊洞悉山猫的灵魂。莫未说："再见，祝福你。"

如焰送给她一个灿烂的微笑，继续前行。

莫未钻进一家冷饮店，透过玻璃窗默默注视她的背影。再过三天就是如焰的生日，可惜无法当面为她献上火红的玫瑰。如焰走了几步，冥冥之中似乎有所感应，突然又回头看了一眼。莫未差点忍不住跳出来拥抱她了，指甲狠狠掐进木头门框，她眼睁睁地看着那个曾经属于山猫的姑娘飘然远去。

姑娘——

我要带你远航，

去梦里的故乡。

海鸥为你飞翔，

巨鲸为你欢唱。

载满爱情的小船乘风破浪。

这是山猫为如焰写的第一首歌。他们相遇在大雨滂沱的日子。雨不知因何而起，一发不可收拾，正若情不知所起，一往而深。

炎炎六月，山猫给乐队揽了个活儿，在华宇商场门口搭台演出，帮一家台湾化妆品做推广。尽管天气闷如蒸笼，山猫只要拿起麦克风，就感觉自己是宇宙之王，把每首歌发挥到淋漓尽致。云豹一直闭着眼睛弹吉他，渐入佳境。圣鹰在激荡的旋律中如醉如痴。那时雪狼还没有加入乐队，鼓手是剑鱼，头甩得像电击，挥汗如雨。

舞台前聚集了越来越多的路人，穿粉色迷你裙的销售小姐趁机给大家发放护肤品宣传单和试用装。山猫演唱信乐团的《死了都要爱》时，声音跨越三个八度，到达刺破云霄的境界。音响设备简直无力承受那种石破天惊之音，震得嗡嗡作响。突然雷声轰鸣，天空像是被利剑劈开，倾盆大雨汹涌而至，还夹杂着弹球般的冰雹，天地间一片苍茫。观众尖叫着四散逃窜，销售人员慌乱撤摊。山猫却唱兴大发，一曲接一曲，带着唯恐天下不乱的快意。

简陋的塑料顶棚四处漏水，砸得舞台满地开花。圣鹰心疼自己的电贝斯，脱下体恤衫卷住它，猫着腰冲进距离最近的星巴克。云豹和剑鱼面面相觑，敷衍地伴奏着。山猫仰着头，一手撕开衬衫领口，拼尽全力高歌：

火烧的寂寞，冷冻的沉默……被大海淹没，从山顶滑落，可怕的想念还活着。

高到无以复加的地步，化为野猫哀嚎般的颤音。云豹知道他的疯病犯了，就算天上下刀子也拦不住他，便拉着剑鱼匆匆撤了。

一阵狂风袭来，舞台四角的支架断裂，顶棚彻底掀翻。山猫仿佛置身瀑布之下，睁不开眼睛，依稀看到台下并非空无一人，昏天黑地间似乎有个影子。他不停地用手擦脸，辨识出那是一个被浇透的女孩，黑色长发贴在脸上，黑色裙子裹在身上。他走下舞台，淌着没膝的积水跌跌撞撞地来到她面前，确信这不是一场幻觉。她那么单薄纤弱，身体在微微颤抖，脚下却生根般屹然不动。世界末日来临，他们近在咫尺，隔着雨帘却看不清对方的容颜。一只粉色的凉拖旋转着从他们之间漂过。山猫屈膝半蹲，搂住她的腿，顺势将她扛到肩上，像个原始的狩猎者，带着猎物回家了。

山猫已经航行得很远了，才发现这是无人能及的圣域，碧波随着他的船桨潺潺荡漾，一切都呈现出原始的鲜亮色彩。行至水中央，他脱去衣服，赤条条地扎下去。柔美的水草摇摇摆摆，召唤他不断深入探险，光洁的鹅卵石下面藏着未经开采的宝藏。他在清澈温暖的水中恣意跳跃翻滚，如痴如醉，如同回到了母亲的子宫。

山猫在乐队微信群里发了两个字：闭关。然后关掉手机，扔进抽屉。整整五天六夜，他们没有出门，也很少交谈。就像失散了多年的挚爱重逢，不眨眼睛也看不够。即使紧紧抱在一起，仍然想念对方。那种感觉有些悲伤。她沐浴的时候，山猫到厨房煮了两碗方便面。忽然感到一阵馨香的气息，他回过头，她披着他的蓝色浴袍倚在门框。山猫见过很多漂亮女人，而眼前的出水芙蓉还是让他吃了一惊。肤质如玉无杂质，眼角轻扬若蝶翅。

紧紧闭合的花苞竟然充盈着蜜汁，他欣喜若狂。持久而激烈的交融之后，他们的体温达到平衡。她冰凉的身体变得温润，他体内旺盛的火焰化为跳跃的烛光。她睡着了。他数她的睫毛，耳畔贴在她胸前听她生命的节奏。他夜游的冲动突然消失了，愿意为她安定下来，做她的守护神。据说人们在做梦的时候，眼睛会转动。于是他盯着她的眼睛，想要完完全全地占有她，包括她的梦境。她的神态十分安然，偶尔变幻睡姿，时而蜷作一团，像个婴儿，时而侧卧，露出一弯雪白的臂膀，兰花般的手指搭在耳际。月光轻轻流泻进窗楹，形成一层淡蓝色的光晕，笼罩在她的周身。

最后一天是周五。山猫醒来已经接近中午，她穿戴整齐，坐在床边望着他。屋子打扫得干干净净。他订的金枪鱼披萨已经送到了。他把披萨切成小块，蘸着番茄汁喂给她吃。她有点心神不宁，说她必须得走了，因为她平时住校，周末要回家陪妈妈。他从她唇边捏下一粒玉米，放进嘴里。

他送她回家。他的姑娘住在万泉河路一幢红色的旧塔楼里。到了小区门口，他问她明天晚上是否能出来。她摇头，说周末晚上习惯跟妈妈一起睡。

一个长到二十岁还跟母亲同床共枕的女孩。山猫暗想，母亲会不会发现女儿身体微妙的变化，以及脸上久久难以消散的红晕。

他附身要吻她，她闪开了，飞快地钻进五单元那又黑又小的门洞，留下一串咚咚的脚步声。

山猫对着太阳伸了个懒腰，觉得四周的景物明艳得像一副油画，连推着板车收破烂的大爷都和蔼可亲。他边走边唱，步伐雀跃，简直要飞起来了。

接下来周六是乐队排练日。山猫刚进云豹的家门就被扑倒在地，圣鹰和剑鱼摁住他的两臂。云豹盘腿坐在沙发上，像个山寨王似的审问他：“闭关一周，你修炼成精啦？”

山猫说：“险些精尽人亡。”

圣鹰扑哧乐了，山猫趁机脱身，从茶几上抓了把腰果吃。

云豹拿瓶啤酒使劲摇晃了几下，“啪”的打开瓶盖，泡沫溅了山猫一脸。“Black Box 十周年庆典你在哪儿？！我们哥仨儿傻等你一晚上，手机打了八百遍都不通。给你爹妈和老潘打电话，都说没见你的影儿。想找个歌手补台，观众死活不干，一个劲儿喊山猫。整个场子都让你给砸了，杰瑞气得七窍生烟，多年的交情就这么毁了。”

山猫打了个激灵，抱住脑袋：“罪过罪过！”

Black Box 是他签约的第一家驻唱酒吧。那时他还是刚出大学校园的小毛贼，偶尔跟朋友去逛后海，看到各式各样的歌手在灯红酒绿的世界激情献唱，其中不乏牛人，有名噪一时的摇滚乐队成员，有上过电视选秀节目的新星，还有唱片公司的音乐制作人。他羡慕不已，渴望成为那样的业余歌手，走入多家酒吧毛遂自荐，却四处碰壁。有人甚至无法耐心地听他唱完一首歌，就摆手说目前不缺歌手，只缺客人。直到遇见 Black Box 的老板杰瑞和他的太太玛瑞亚。他们是美籍华人，无儿无女，在美国打拼半辈子后回国养老。杰瑞年轻时也玩过乐队，所以亲自设计了这家音乐酒吧，四壁都是考究的吸音材质，配备了高端音响设备，连门口的栅栏都是五线谱造型。他们静静地听山猫弹唱了三首歌，起身给他鼓掌。杰瑞说，你天生一副录音棚的嗓子，连修音都用不着，莫要到别处去，就在我这里唱吧。于是，Black box 不足三平米的舞台成就了他最初的音乐梦想。唱得久了，也有几家酒吧老板请他去，出的价钱也比这边高。山猫都婉拒了，一方面他的本行是策展，业余时间有限，更重要的是他珍惜杰瑞的知遇之恩。山猫组建了 Preyer 乐队后，杰瑞也欣然接纳，每周请乐队演两个夜场。生意好的时候杰瑞给他们发红包，客人少的时候也不会迁怒，永远乐呵呵的，不像有些老板那么唯利是图。

可是，他竟然把策划了好几个月的庆典演出忘得一干二净！一场大雨给他送来一个姑娘，似乎也冲刷干净了他所有的记忆。他满脑子想着她，连针尖般的空间都剩不下。

剑鱼笑道："女人竟然能够影响你的上半身了。"

圣鹰一脸八卦："快说说那个让你神魂颠倒的妞儿。"

"只可歌颂，不能言传。"山猫坐在地上，抱起吉他，指尖划动温柔的心弦，即兴唱道：

你眼中的迷雾

让我停止飞舞，

落在你的心窝，

像小虫藏在琥珀。

给我套上枷锁，

用爱将我淹没，

你致命的束缚，

是我永世的幸福。

清晨，如焰刚到办公室，就收到一大束浓郁芬芳的红玫瑰。她数了数，51 朵，意味着唯一吗？里面还有张心形小卡片，印着烫金的字：天长地久有尽时，此情绵绵无绝期。

“特殊纪念日？”编辑部王主任不知何时站在她身后。

“今天是如焰的生日！”同事小娟嚷嚷。

“中午大家一起去吃火锅怎么样？”如焰笑道。

“要请客就改晚上，你忘了中午要陪我见客户？”主任说罢，踱回他的办公室。

如焰翻了翻台历，又查查手机日程，想不起来是哪位客户，又不好意思问领导，暗自琢磨了一上午。

中午，王主任开车带她去了一家优雅的法式餐馆，走廊两侧密密麻麻的洞穴里塞满了洋酒。幽蓝灯光在地板上缓慢滚动，制造出波光粼粼的幻觉。空气中弥漫着淡淡的香气，温软的法文歌在耳边呢喃。

他们在一张靠近落地窗的餐桌坐下。主任点了野苣沙拉和鹅肝牛肉卷。侍者给他们倒了两杯红酒。

“客户还没来？”如焰向门口张望。

“没有什么客户。”主任端起酒杯，“生日快乐！”

她有点不知所措。

“虽然你还在实习期，但表现很出色，帮我做了那么多项目，也该慰劳你一下。”他与她轻轻碰杯。

“不妥之处，还请多指教。”如焰抿了点酒，玻璃杯口留下淡淡的唇印。

他叉起一块长面包，放在她的盘子里：“你是土生土长的北京姑娘？”

她点点头。

“完全没有那种咋呼劲儿。”他望着她笑道，“你像保险柜里的珍珠，藏得太深了。跟大家慢慢混熟了以后，希望你可以更自信地表达你的想法，特别是在选题策划会上。”

如焰说：“有些想法很幼稚，恐怕没有可行性。”

他说：“伟大的想法往往有个幼稚的开端。如果不介意，我愿意以一个朋友的身份，分享你的创意和灵感。”

如焰被这番话感动了，晚上迫不及待地讲给雪狼听，不料他嗤之以鼻：“潜台词是，我愿意以一个情人的身份，分享你的青春和肉体。”

如焰说：“瞎掰，他对我的赏识是真诚的，一向都很支持我的选题。”

雪狼说：“当男人对一个女人有欲望，就会夸赞她的才华，让女人以为他爱她的灵魂。”

如焰说：“可他温文尔雅，而且他的女儿都上高中了。”

雪狼说：“你太天真了，男人只会越来越老，不会越来越好。还保险柜里的珍珠呢，那他就是费力撬锁的盗贼！”

如焰爬到他腿上，点着他的鼻尖笑道：“你才是真正的盗贼。”

雪狼说：“尽量不要单独跟他出行，若他图谋不轨，你立即辞职。”

如焰从没见过他那么严肃的神情，也不曾听他苛责过一个素不相识的人。他醋意大发的样子让她窃喜。今天是她的 23 岁生日，他忙乎了整整一下午，给她做了糖醋排骨和水煮鱼片，还给她烤了一个黄澄澄的蛋糕，上面用鲜红的树莓拼出“LOVE”。

如焰抱住他的脖子：“听你的。”

“硌痛我了。”雪狼捏住她的手腕。两人的目光聚焦到她左手的戒指，小船造型的钻石绽放着寒光，像山猫的眼睛一样锐利。如焰缓缓摘下戒指，中指留下一圈浅红的印痕。她如释重负地长叹一声。

雪狼把她紧拥入怀，仿佛此时此刻，她才真正属于他。

“为什么送我玫瑰花？虽然很漂亮，可这是偷懒的礼物，送谁都可以，而且没有保存价值。”如焰嘟起嘴。

“我没有送你花，这才是我为你准备的生日礼物。”雪狼起身走到床边，从枕下抽出一个精致的盒子，“本想给你个惊喜，你太着急了。”

如焰打开盒子，是一份他亲笔书写的词谱，署名《绝恋》。

“玫瑰花是怎么回事？又冒出个情敌？”雪狼满面狐疑。

如焰想到那张卡片上的诗句，突然觉得心中一阵悲切。

雪狼喜欢赖床，如焰也跟着他变懒了。特别是周末的早晨，两人相拥聊天，直到肚子咕噜才爬起来找吃的。小焰跟他在一起有说不完的话，也许因为他是个最好的倾听者。他对她所有的话题都有兴趣，哪怕是些鸡毛蒜皮的小事。他可以津津有味地听她讲一个钟头儿时收养过的流浪猫，眼里闪烁着温柔的光彩。

如焰有时会想，她跟雪狼一个月说的话，可能比跟山猫一年都要多。山猫在家待不住，外面折腾够了才回来，而且常常彻夜不眠。她总是独自睡去，早晨醒来他又在睡，没有多少时间交流。他工作很疯狂，生活很放任，骨子里有种不死不休的狂欢精神。相恋之初，两人也曾如胶似漆，她随他参加活动，结识朋友，试图融入他的圈子。没多久，她就跟不上节奏了。

社交和娱乐让她感到厌倦。各式各样的展会和酒会无聊透顶，山猫乐此不疲地与人攀谈，她不得不假装欣赏那些奇怪的艺术品，或者一个人躲在角落玩手机，还要应付莫名其妙的搭讪。山猫在人多的地方如鱼得水，而她局促不安。这是他们的本质区别。

能量过热，必然招蜂引蝶。作为默默无闻的旁观者，她能捕捉到一些异性对山猫的暗示和挑逗，也能感受到她们对自己的审视和敌意。她喜欢听山猫唱歌，可她不愿意去女歌迷集中的 Black Box 酒吧。山猫对此毫不避讳，甚至会跟她点评某个女子的可爱之处。那种自信和坦诚简直让她为自己的疑虑感到羞愧。她想在他面前保持清新脱俗的形象，以博取他持久的爱恋。所以她不能善妒也不能易怒，绝不为小事抓狂。所有的猜忌和哀怨就只能独吞，消化在绵绵不绝的恶梦里。

某些半睡半醒的时刻，山猫一言不发地跟她做爱。他的情欲旺盛如熊熊之火。孜孜不倦的探索，频繁转换的姿势，让她觉得这是一场行为艺术。与他攀上顶峰之后，她想跟他一起看看风景，但他很快就会寻找新的兴奋点。他从床上跳下去，逃出狭小的空间，像一只拴不住的猫，转眼不知去向。

雪狼的出现，是一个偶然。

剑鱼突然离开乐队，消失得无影无踪。山猫郁郁寡欢，云豹又找来两个鼓手，他都说没感觉。云豹很恼火，说人家有手艺有诚意就可以慢慢磨合，又不是谈恋爱，要什么感觉？山猫说，反正瞅见他们我就不想张嘴。如焰从没见过山猫那么低落，茶饭不思，连音乐都不听了。

圣鹰四处发小广告征集鼓手，还真有人上门应征。雪狼便是其中之一。他穿泛白的军绿T恤和破边仔裤，胸前挂着十字架铜链，手拿长长的拖把，还提个塑料桶，疲疲沓沓地走进排练室。云豹和圣鹰窃笑。如焰从山猫的腿上滑下来，跟他对视了片刻。他吊着常年熬夜的黑眼圈，眼神忧郁深沉，像一只来自荒原的狼。他对自己的介绍只有几个字：雪狼，31岁，北漂。云豹问他以前玩过乐队没有，他说咸阳市石屯中学鼓号队。圣鹰喷出一口可乐。

雪狼盯着排练室正中央那套亮铮铮的德国原装Sonor爵士鼓。山猫向他打了个请的手势，他把桶立在墙边，拖把插在桶里，然后稳稳当当地坐下，拿起鼓槌。一锤下去，如焰的耳朵被擦亮了。她不知道那是什么乐曲，但鼓点被他演绎出旋律了。他像换了个人，体内爆发出海啸般的能量，洒脱地挥舞着双臂，特别是风驰电掣点击铜钹的那一瞬，似乎敲在她的心尖上。

山猫不由自主地晃着脑袋打起拍子。圣鹰一时兴起，抱起贝斯跟雪狼合奏了一首 *Beat it*[1]。

雪狼走后，大家争论不休。事实上，山猫已经有了中意的鼓手，是之前来应征的一个光头。山猫说他是专业级的，全国也没有几个那么牛逼的鼓手。圣鹰力挺雪狼，云豹中立。

山猫捏捏如焰的下巴："有时候，外行的意见更中肯。"

如焰说："那个光头一脸凶相，我不喜欢。"

山猫说："这不是理由，乐队正缺野兽派呢。"

圣鹰说："雪狼对节奏的把控非常棒，看似漫不经心但内力十足，让我想起 Ringo[2]。"

山猫说："不要因为他奏了 Michael 的曲子你就这么抬举他。"

云豹说："现在回想起来，光头有点炫技，加花儿太频繁，鼓槌一直在手心飞转，演出的时候可能会喧宾夺主。"

这句话似乎点醒了山猫。他琢磨了一阵，说："见鬼，谁让他叫雪狼呢？"

于是，雪狼加入了 Preyer 乐队。

如焰跟雪狼见面的机会并不多。偶尔目光相遇，他会很快望向别处。她还纳闷，这个乐队里最年长的男人，为什么像少

[1] 迈克尔·杰克逊的歌，可译为《避开》。

[2] 即披头士乐队鼓手。

年般羞涩。

一切源于乐队的非洲之行。那趟被山猫称为生命之巅的旅行，对于如焰来说，冗长而苦涩。一个临时拼凑的演出团，奔驰在广袤的西非大陆。大家的情绪都很高涨，特别是那个妖娆的女主持兼歌手，晚上演出她引吭高歌，白天在大巴上仍然滔滔不绝。如焰只好戴着耳机，把脸扭向窗外。可山猫一点儿都不烦，跟她聊得海阔天空。连云豹都说，两个骚包擦出火花了。

他俩的合唱曲目是《千年之恋》和*When I fall in love*[1]。她穿着鱼鳞般金光闪闪的短裙，红唇艳色欲滴。随着旋律飞升，两人的身体贴得越来越近。她始终闭着眼睛，脸上是高潮般的享受。他们用嗓子调情，在乐曲里媾和。有个瞬间，他的手搭在她大腿上，光滑性感的腿。观众欢呼雀跃，没人在意那个自然而然的细节。她坐在黑暗中，感觉有只蛮横的手正慢慢捏住她的心脏。

她问山猫，为什么要带我来呢？山猫说，带你看世界，亲爱的，非洲是人类的摇篮啊！可是她看不到世界，爱情的苦恼让她变得狭隘和短视。到处都是眼中钉。进餐厅的时候山猫帮拉二胡的姑娘开门，姑娘意味深长地看了他一眼。杂技团里几个十六七岁的小女孩喜欢围着他转，甚至猴子般放肆地窜到他背上去。连酒店前台的黑妞儿也在冲他放电。她就像只兔子，

[1] 《西雅图未眠夜》主题曲，《当我坠入爱河》，席琳·迪翁演唱。

一天到晚瞪着红巴巴的眼睛，风吹草动便提心吊胆。

漂泊十七天，她遭遇了腹泻发热，手臂被蚊虫咬肿。沉默寡言使她与团队格格不入，大家忙着排练和演出，女孩们跟山猫嘻嘻哈哈打成一片，她觉得自己多余可笑，连作为山猫女友的丁点儿威慑力也没有。她盼着演出赶快结束，没想到还有颗重磅炸弹等着她。有个芭比娃娃般的佛得角女孩，在一场短暂的招待会上跟山猫来电了。他们隔着人群热切地对视，她的叉子暗暗搅碎了盘中的蛋糕。

晚上，山猫跟她一起回到宾馆。她打开电视，假装在看《动物世界》。他洗了个澡，刮完胡子，换上新衬衫，在屋里转悠了几圈，说："你先睡，我去跟他们喝两杯。"

他们是谁？刚才她明明看到云豹和圣鹰找杂技团的老K学魔术去了。但她没有开口质问。如果试图阻挡一只发情的野猫，被咬伤的可能性很大。

他在她脸上吻了一下便出门了。她抱着沙发靠垫，准备独自承受心脏被蹂躏的感觉。然而，没有蛮横的手，什么感觉也没有。她浑身轻松，心脏好像不存在，一滴眼泪也流不出来。

如果她对山猫的依恋像一片湖，那么每当为他伤心落泪，就相当于从湖中取走一瓢水。当湖水干涸，便是她动了离念之时。没想到这一刻来得这么突然。她终于成为拥有强大内心的女人，一粒蒸不烂、捶不扁的铜豌豆。

她走出宾馆，想潇洒地“失踪”一回。凭什么山猫可以随时来场说走就走的旅行，而她永远是那个留守和等候的角色。天气闷热，四面漆黑，肥大茂盛的枝叶在头顶随风摇曳，偶尔传来几声狗叫。远看灯火阑珊，脚下的路却越走越窄。她是路盲，东南西北也不分，再走连宾馆都找不回去了，只好掉头返回。

进入宾馆大门，突然袭来的空调冷气令她浑身发颤。她抱着双臂，疾步走入电梯，从侧面镜子里看到自己的嘴唇乌青。仿佛被弃置于冰天雪地的北极，她身上的热量迅速撤离，心跳减缓，牙齿打架，连迈步的力气都快没了。这种恐怖的感觉曾经出现过一次，在她父亲去世的时候。她一心想着快点进入房间，用被子裹住自己。终于挨到房门口，她哆哆嗦嗦地掏出房卡。奇怪的是，把手从里面转动起来。门开了，雪狼错愕地望着她。她抬头看看房号，是她的隔壁。然而，这一步之遥的距离比登天还难，她的身体无可救药地瘫软下去。他顺势接住她，她只能说出一个“冷”字。于是他抱紧她，像抱着一个婴儿。

如同一条冬眠的蛇在春暖花开的时节苏醒，她的身体慢慢恢复常温，冷冻的血液开始潺潺流淌。树枝像温柔的手臂托住她，宽大的叶片羽绒般呵护着她。很久没有这种舒适放松的感觉了，无所畏惧，无所担忧。

他的胡茬触痒了她的额头，呼吸交融在一起。难以相信，她会与山猫之外的男人亲近。可是，她一动也不想动，索性闭上眼睛，陶醉在似梦非梦的境界中。

他眼里没有情欲，只有悲悯，所以她毫无戒备地给他讲了一个很长的故事，一个难以启齿、不堪回首、折磨了她许多年的故事。她以为自己的心已经封锁了那口深井，但是在他温暖的怀抱和注视里，干涸的井底竟然冒出了泉眼。他一下子就成了她最亲密的人，肺腑之言的倾吐远胜于赤身裸体的交缠。她对他才是真正的毫无保留。

一生得一知己足矣，知己者相伴一刻足矣。走出门之前，她对他说："我不会再来找你，你也不要来寻我。"他帮她整理了头发，俯身在她额上一吻。

她带着灼热的印记回到房间，在明亮的镜子里望着自己桃粉色的脸颊，心里混杂着枯木逢春的惊喜，以及落花流水的惆怅。在错乱的时空遇到了正确的人，在不经意间发现了最美的自我，然而这一切将匆匆逝去，无可救药地返回原有的轨道。

山猫悄无声息地从身后环住她："怎么还没睡？"

夜游归来，他总是格外温柔，闪烁的猫眼隐藏着秘密。她报他以神秘莫测的微笑。此时此刻，她也有一个秘密了。他们是平等的。她突然有种罪恶的快感。

曾经以为山猫给她的爱情生涯画上了休止符，愿得一心人，白首不相离。怎料得，雪狼一锤定音，为她的生命掀开了新的乐章。当她坐在台下看 Preyer 的演出，视线总是不由自主地从山猫身上移向雪狼，耳朵对鼓点的敏感度似乎也超越了人声。她爱他的双手，能够潇洒自如地挥舞鼓棒，也曾无限温柔地拭去她的泪滴。

▼

第五章

山猫的家

莫末一直想回山猫家看看，只是缺乏勇气，也没有合适的借口。小开的爷爷去世了，莫末跟妈妈说要去看望她，妈妈才勉强同意她单独出门。

从南城坐地铁辗转至东城，莫末来到熟悉的小区门口，被保安小陆拦住。莫末笑道："几个月不见，你双下巴都出来了。"小陆却一脸严肃："你找谁？我没见过你。"莫末说："我是山猫的表妹。"小陆说："我没听说过他有表妹，你们长得也不像。等着，我给他家拨电话。"

山猫的妈妈接了电话，小陆把话筒递给莫末，莫末细声细气地说："大妈，我是芸芸，学校放两天假，我来看你。"获得许可后，小陆才笑嘻嘻地给她放行。

出了电梯，莫未习惯性地打开鞋柜，取出山猫的竹编拖鞋，再看看自己的小脚，叹了口气，换了双妈妈的棉拖鞋。门虚掩着，她走进去，门厅的衣帽间和储物架清空了，屋子显得宽敞了许多，地板亮得能照出影子。妈妈伏在桌边写字，闻声转过头来，笔尖的墨汁滴在宣纸上，慢慢绽开一朵花。

她从来不知道妈妈会写毛笔字。除了肤色略显苍白，眼角干涩，妈妈的状态比她想象中好多了，甚至展现出一丝前所未有的婉约美。莫未克制住拥抱她的冲动，说："阿姨，我叫莫未，是山猫的歌迷，门卫不让进，我就撒了个谎。"

妈妈请她坐下，给她倒了杯茶："我说呢，上个月芸芸跟她妈刚来过，应该不会再来了。"

在别人家当主人，在自己家当客人，莫未惆怅不已。她环顾四周，发现酒柜上的各色洋酒都不见了，中间摆着山猫的黑白照片，两边各有一只精致的烛台。

妈妈说："每天凌晨到早上六时点蜡烛，逢七点香，蜡烛要燃 24 小时。"

不愧是妈妈，连祭奠都这么有条不紊。妈妈是药剂师，她的生活像工作般严谨，一丝不苟。家里什么东西放在哪儿，她有百分之百的决定权。她关注所有细节，并制定了不成文的规矩。比如刷完牙，牙刷刷头朝上插进杯子，杯子放进玻璃柜。从外面回来，要洗两遍手，第一遍用洗手液，第二遍要用香皂。洗袜子，她规定要一只一只搓洗。山猫曾跟她顶嘴，说那样忒麻烦，我手大，能洗干净。爸爸说，听你妈的，哪怕她让你洗完一只袜子晾干以后再洗另外一只，你也要服从，你妈就是道理。可爸爸自己根本做不到。他曾经心血来潮下过两次厨房，妈妈在旁边指指点点，嫌他用洗碗布擦灶台了，用完醋没扣上盖子，打开抽油烟机时没及时清理漏油云云，爸爸摔掉铲子走了。自此以后，做饭就是妈妈一个人的事儿了。

妈妈问："想不想看看山猫的房间？"

她简直迫不及待了。推开卧室门，窗明几净，墙上贴满Beyond、齐柏林飞艇、老鹰乐队、罗克赛特、皇后乐队、林肯公园、野人花园……妈妈不知道从哪儿翻出这些古老的海报，让她瞬间穿越到中学时代。全新的赛车床罩，床上躺着山猫心爱的吉他。她思忖着怎样才能带走这把吉他，马上就发现绝无可能。她的手只轻轻碰触了琴弦，妈妈立即用严厉的口吻告诫她不要动房间里的任何东西。

妈妈说："云豹答应给我做一张乐队的巨型海报，你看我把侧面这堵墙空出来了。"

莫末问："云豹来过家里吗？"

“几乎每周都来，送的水果糕点我都吃不完。说心里话，我以前最不喜欢他，头发留那么长，没个正经儿工作，一天到晚泡吧泡妞，把山猫都带坏了。没想到，他那么重情义，说要给我当儿子。圣鹰也蛮好，还帮我修过电脑。”

莫未问：“小焰呢？就是山猫的女朋友。”

“没来过，托云豹送我一条她亲手织的围巾。”

熟悉的场景，熟悉的味道，莫未真想扑到床上美美睡一觉，然后起来吃妈妈做的菜。曾经习以为常甚至有意逃避的平淡生活，现在成了难以企及的幸福。

分别时，她轻轻拥抱妈妈单薄的肩膀：“我可以常来看你吗？”

她平静地说：“当然，谢谢你对山猫的爱。”

路过鼓楼大街，莫未忍不住下车了。夏日的傍晚，天色正雅，不刺眼也不黯淡。穿过琳琅满目的烟袋斜街，一片碧湖荡漾，荷花开得娇艳。岸边鳞次栉比的酒吧隐约传来慵懒的歌声，沉睡在她细胞里的欲望暗中膨胀。

摆脱了拉客者的缠绕，她拐入巷子深处，走近相对僻静的Black Box。灰突突的石头房子像个古堡，圆形窗户透出幽暗的灯光。里面空荡荡的，音箱放着忧伤的蓝调，老板杰瑞和女招待在吧台低声交谈，有位客人在窗边独酌。

莫未坐到钢琴旁边熟悉的座位上，杰瑞晃着发福的身子，拿来一份菜单，告诉她今天没有披萨和鲜榨果汁。她点了杯德国黑啤，问，玛瑞亚呢？杰瑞惊讶地望着她："我太太回美国看她的朋友去了，你认识她吗？"莫未耸耸肩："我是山猫的歌迷，常来这儿。"他眼里闪过一丝欣喜，随即又被忧伤的浪潮淹没。

窗边那位客人突然嚷起来："再来杯 Bacardi[1]！"

莫未简直不敢相信自己的耳朵，如此熟悉的声音。她从包里掏出眼镜戴上一看，真是云豹啊！他引以为傲的长发不见了，削成钢针般的板寸，下巴上还蓄了撮山羊胡，像个傻瓜。

女招待刚拿起酒瓶，杰瑞冲她打了个暂停的手势，走到云豹身边，环住他的肩："老兄，打烊了。"

云豹把酒杯拍碎在桌上："去你妈的，极限摇滚还没开始呢。"

以前 Preyer 乐队在这演奏的时候，凌晨会玩一个小时极限摇滚。他们卸下社会人的面具，变成四只狂野的兽，用火山爆发般的魔音，带着听众一起发疯。

莫未替云豹付了酒钱，对杰瑞说："把这死猪交给我。"杰瑞说："你哪里拖得动他，我叫圣鹰来吧。"

莫未走到云豹面前，冲他打了个响指："走，带你去找好

---

[1] 百加得，朗姆酒，世界十大名酒之一。

酒喝。”

云豹愣愣地看着她，迷离的眼睛荡起一丝邪恶的笑意：“酒香不怕巷子深。”便起身跌跌撞撞地跟她往外走。

杰瑞已在门口拦下一辆出租车，和莫未连推带拽地把云豹塞进去。云豹平躺在后座上哼歌，莫未塞给他两个塑料袋，钻进副驾驶。

“我在天上，俯瞰地面，灯火阑珊，宛如星光。”云豹望着窗外的霓虹灯，诗兴大发。

莫未不住回头看他：“你最好坐起来，想吐对准口袋，弄脏了车我踹你下去。”

云豹枕着双臂，一脸惬意：“我迟早会为山猫办一场告别音乐会。”

莫未说：“没主唱啊。”

云豹说：“用山猫的音频和视频来拼接，我们现场伴奏。不，是我一个人吉他伴奏。乐队散伙儿了。”

听到散伙两个字，莫未的心被剜了一刀。她故作轻松：“啥时候办？我给你捧场。”

云豹说：“根据《民法通则》，因意外事故下落不明，满两年可宣告死亡，也就是后年 12 月 17 日，山猫正好跨入而立之年。你觉得这日子怎么样？”

车子驶入西山别墅区，莫未拨通了云豹家里的电话，只有女佣在家。刚要叫云豹下车，后面已响起轻微的鼾声。莫未打开车门，抓住他的两腿往下拖，发现自己的力气小得可怜。他巨兽般安然不动，被她嚷烦了，随意翻个身，便将她甩倒在地。我 X 你大爷！莫未拍拍屁股上的灰，飞起一脚踢他的小腿。他反射般弹起来，搜肠刮肚地吐了一地，浓烈的酒味四处蔓延。

女佣带着保安匆匆赶来，搀扶着云豹慢慢往院子里挪动。他步履凌乱，回头冲莫未喊："记住山猫的音乐会！"

兄弟，来生我们还一起玩音乐。莫未望着云豹的背影，心中默念。她茫然若失地回到家，想起云豹就难受，他潦倒的样子总在她眼前浮现。

客厅灯火通明，爸妈守着一桌子菜干坐着，见她进门显得如释重负。莫未燃起一股无名火："我说过我回来晚，你们等什么？！"妈妈起身盛米饭："你也没说不回来吃饭嘛。三人吃习惯了，少了谁都不行。"

再见到小开，她的脸似乎瘦了一圈，整个人显得无精打采，不时把头靠在老马宽厚的肩上。莫未请他俩儿吃麻辣香锅，小开望着她贪婪的吃相，十分纳闷："你以前吃孜然羊肉串都会飙出眼泪，怎么突然变这么厉害？"

"人生五味，无辣不欢。"莫未剥了只蘸满红油的大虾递给她，又点了两瓶冰镇啤酒。

小开用胳膊捅了捅老马："你不觉得莫末越来越酷了吗？"

"整个换了一人儿，举手投足、语气神态、品味习气有股野劲儿。"老马冲莫末笑道，"我挺欣赏这种气质，瞅你今儿这黑帽子和蛤蟆镜，多文艺范儿。"

莫末摘下父亲的运动帽和墨镜，思忖着是不是该适当收敛举止。山猫以前最不喜欢爷们儿般的女人，可她现在就是这副不伦不类的德行，偶尔还会冒失地闯进男厕所。

小开捏着虾，叹道："现在看见好吃的，我就想起爷爷吃不到了，后悔没多陪他逛逛……"

老马发觉苗头不对，赶紧搂着她哄："你够孝顺啦，我压根儿没见过我爷爷。待会儿吃完饭咱们去玩桌游吧。"

"我以为过完这个周末，下一个周末就会来临；今晚闭上眼，明早就会醒来；只要进了家门，就能看到亲人；肚子饿了，饭菜就会端上桌……根本不是这样的！没有理所应当的事儿，没有天长地久的日子。在某个时刻，你的至亲至爱会突然被剥夺，没有人能够再给予你那么多幸福，就像我现在怎么哭、怎么喊、怎么打电话、怎么敲门，爷爷都没有回音了。"小开哽咽了，老马默默地递上纸巾。

这一席话莫末感同身受，悲从中来，食欲全无。

"对不起。"小开拿纸巾挡着脸去了洗手间。

老马给莫末添了点酒："小开爸妈忙生意，她从小是爷爷带大的，这个坎儿过不去呢。”

莫未问：“最近你们生意怎么样？”

老马摇头：“现在做婚庆的太多了，而且年轻人主意多难伺候，不好干呀。就说这节目吧，高雅的没人看，热闹的太俗气。钱多了顾客不干，钱少了歌手不干，上哪儿去请像样儿的？更别提伴奏乐队了。”

莫未真想说：“我免费给你们助力！”转念想到自己的乌鸦嗓和已经解散的乐队，唯有一声叹息。

老马饶有兴致地凑近她：“哎，我最近对灵异学特感兴趣，介意我提个问题吗？”

不等莫未开口，他便问道：“都说人临终眼前会回闪一生的重要时刻，是真的吗？还有，在医院抢救时灵魂会漂浮起来俯视自己的肉身吗？只有真正经历过临界点的人才有发言权。”

莫未说：“我在海里下沉的时候没有闪回，心里只有一个强烈而深刻的遗憾：此生没有获得真爱。当我意识全无、心跳几乎成一条直线时，似乎看到了自己，不过不是躺在病床上，而是穿着洁白的婚纱在教堂里抛撒花束。”

“女人真是为爱而生。”老马似乎陷入了沉思。

一个月之内，莫未去了山猫家三次。

妈妈的话渐渐多起来，还搬出陈年相册给她看。山猫最早的照片是一张 2 寸头像，圆圆脸，笑眯眯，百天时在中国照相馆拍的。“忘不了他出生带给全家的那种喜悦和震撼。他不轻易哭，哭起来震天响。他四十天就能趴着抬起头了，四个月能飞快地腹爬，六个月表情好丰富，挤眼睛抽鼻子，模仿吃酸东西的样子逗我，一岁的时候自编了一首《妈妈歌》，歌词只有妈妈，可曲调变化多端。”妈妈慢慢翻动影集，眼里闪着慈爱的光泽。

屋子很静，莫未听见钟表的滴答声和厨房里煮粥的咕嘟声。她很久没有这样心平气和地跟妈妈坐在一起聊天了。妈妈说：“山猫身体很棒，几乎没生过病，只有一岁之前闹过湿疹，严重的时候满脸红点密布，连耳朵都肿了。我带他跑遍大小医院，用了数不清的药膏，试了好多偏方，都不管用。我担心乳汁有刺激性，鱼肉蛋奶葱姜蒜全戒了，天天喝粥吃水煮菜。我每天盯着他看好几小时，稍有好转便欣喜若狂，否则满腹愁绪。现在想来不可思议，我那么在乎他的每寸皮肤，每根汗毛，每次呼吸，几个疹子真的能决定我全部的喜怒哀乐！那时的我怎么会想到，又怎么能相信，有一天我会失去他……”

这段经历，从来没听妈妈讲过。莫未小声问：“后来怎么样？”

妈妈说：“幸好找到一位老中医，说这孩子是火性，在娘胎里积了热毒，开几服中药便吃好了。此后他光洁得像个小面团，人见人爱。”

有张照片是在天安门广场拍的，舅舅把年幼的山猫扛在肩膀上，鼻子眼睛笑得挤在一起。妈妈指着照片说：“这是山猫的舅舅，我唯一的弟弟，38 岁去世。而我唯一的儿子，28 岁失踪。我们家被命运诅咒了。”

莫未说：“也许山猫没有死。”

“有时会用这个念头麻痹自己。可如果他活着，怎么忍心看我生不如死。”

那一刻，她几乎要叫出来：“妈妈，我是山猫！我就在你面前！”然而，她想起柳师傅的告诫，咬紧嘴唇。山猫落难，灵魂依附在莫未身上，已是不幸中的万幸。如果真的因为泄露天机遭到惩罚，这缕灵光也许会永逝于无边无际的黑暗，山猫就彻底死了。柳师傅所言未必灵验，可这个赌注没人能输得起。

妈妈打开衣柜，拿出一件破旧不堪的短袖衬衫：“这是山猫最后的遗物，起初我看都不敢看，一阵阵哭晕过去，现在每天都要亲吻它才可以入睡，上面有他的味道。”

鲜亮的红衬衫和不羁的青春，那蔚蓝的天，缠绵的云，壮阔的海，一切仿佛就发生在昨天。而眼前这块血迹斑斑的布片，如同深海沉船的残骸，证实所有美好的事物已在瞬间被摧毁。原来妈妈对山猫的思念如此凄苦和绵长。她的吻是什么滋味？山猫吻过许多女人，却有多少年没吻过她了？真希望时光倒流，能够重温母子之间的亲昵。

天色暗了，妈妈留莫未吃饭。南瓜小米粥，油菜炒豆腐，外加一碟毛豆，对她来说胜过山珍海味。妈妈说年纪大了吃得清淡，让她下次来的时候提前打个招呼，炖排骨给她吃。

莫未嘬着喝粥，妈妈说："不管喝汤还是粥，我都不许山猫吹，等自然凉下来再吃。多讽刺啊，我总是拿各种框子套他，可老天把他整个人都套走了。像我这么庸庸碌碌的人，再活五十年也没什么用。我存在的唯一价值，就是怀念我的儿子。"

莫未低下头，一滴眼泪落在碗里。

离别时，她把拖鞋放回鞋柜，发现里面没有爸爸的鞋。来了几次都没看见爸爸，妈妈说他出差了，而她有种不祥的预感。

走到大门口，保安小陆早早帮她拉开铁门。莫未问他："怎么一直没见到我大伯？"

"叔叔有两个月没着家了，车也不在小区。山猫出事之前阿姨每天早上都去公园锻炼，现在除了买菜基本上不出门，你多关心关心她吧。"小陆面露同情。

莫未给父亲的助理拨了个电话，称自己是一家信托公司的经理，以洽谈业务的名义打探他的行踪。平日热情甜美的女助理此时拒她千里之外，只淡淡回复说老总休假了，以后再联系。

男人不爱回家，就像狗喜欢到外面溜达，东嗅西嗅找点乐子。莫未能够理解。不过，在一个家庭遭受巨大灾难时，丈夫抛下妻子不见踪影，这可说不过去。

汪曾祺有篇文章叫《多年父子成兄弟》，然而很遗憾，山猫跟父亲属于多年父子成陌路。父亲在银行工作，打不完的电话，加不完的班，出不完的差。即使在家，他通常也是泡杯茶，捧本书看，很少与他亲昵。滑冰、游泳、踢球，打弹弓，男孩成长中的这些游戏都没有父亲的影子，山猫的舅舅在某种意义上代替了父亲的角色。印象中的父亲对他很严苛。小学五年级时有天做完功课已经深夜了，他突然想起第二天要交手工课作业，慌忙从书包里翻出步骤图和电光纸。图示不是很清晰，他心里又毛躁，剪出来的动物缺鼻子少尾巴。妈妈已经睡了，他便向父亲求救。父亲拿起小剪刀，借着小台灯发黄的光晕，一丝不苟地剪出栩栩如生的大象，简直可以在班里的板报上展览啦。他兴奋地蹿起来，伸手去拿却被父亲的大手摁住了。父亲说，你照着我刚才的步骤再剪一个。他央求道，这么晚了，下次再剪吧，先让我交了作业。接下来父亲做出了令他数年来百思不得其解的举动：他把大象撕碎了，揉成团丢进纸篓，还丢下一句：别想不劳而获。

随着年龄增长，他们似乎在避免一切不必要的交谈。有时他给家里打电话，如果是父亲接的，会象征性地问句，怎么样？他便给出永恒的回答，还行。然后父亲就把电话交给母亲了。

记忆中，父子两人只有一场真正的对话。山猫高二时拿个了全国校园歌手大赛亚军，有家唱片公司想跟他签约，他开始认真考虑走唱歌这条路。有天父亲破天荒开车到学校接他，没有直接回家，而是带他去了必胜客餐厅。

父亲说："你努力学唱歌，运气好的话成为一名歌手。单位酒会宴会上经常请的那种歌手，大家在下面吃喝聊天，他们在台上卖力演唱。我倒是更希望你成为坐在下面吃饭的人。如果你事业有成，又会唱歌，你会博得满堂喝彩，总比疲于奔命靠音乐谋生要好。我十几岁的时候迷上了钓鱼，什么都不在乎，只想钓鱼。你爷爷告诉我，如果不去赚钱，我连一根好鱼竿都买不起，更莫说一条船，那样永远也钓不到真正的大鱼。你不如先赚钱，再玩音乐。有了钱，玩什么都行。"

这话听起来有点刺耳，但山猫似乎也找不出反驳的理由。他狼吞虎咽地啃着披萨："我不知道怎么赚钱，而且玩音乐也未必不赚钱。"

"你还没到赚钱的时候，现在需要积累赚钱的资本。"父亲望着窗外，"流行乐是调剂品，永远也不可能满足一个男人的权力欲望。你需要更宽广的视野。"

高考志愿是父亲给他选的，金融系风险投资专业。山猫没意见，如果不学音乐，学什么都无所谓。大学四年糊里糊涂过来了，大部分时间他还是在玩音乐。毕业以后，父亲介绍他去一家投资银行实习。他散漫的本性难以适应高强度的工作，三天两头迟到。父亲又给他换了一家美国证券公司，因时差的缘故，需昼伏夜出，跟他的作息还算吻合。不过，电脑屏幕上瞬息万变的曲线和数字让他觉得冰冷无趣。那时他已在悄悄地准备考研，而且目标是风马牛不相及的美术学院。他在大学选修过一门西方艺术史，女讲师挺有气质，课也讲得好，他有事没事跟人家瞎侃，突然萌生了转行的念头。因为他不想上班，又不能在家闲待着。考研是权宜之计，至少可以争取三年的自由，周末和假期还能去唱歌。跨专业固然难度大，他的优势是睡眠极少，有充足的备考时间，而且有美女讲师助他一臂之力。

拿到美院录取通知书那天，他觉得自己简直是个天才。而父亲叹道，铺好的大路你不走，非要另辟蹊径，真是无知者无畏。

山猫曾经帮父亲注册过一个邮箱，密码没有更换，现在毫不费力地被莫未打开了。收件箱里塞满了工作邮件、股票信息、财经电子期刊、各类航空公司、酒店及高尔夫球会员促销广告。她不敢点击未读邮件，打开发件箱仔细浏览了一番，发现上个月有两封邮件名为“苏铭轩简历”，正文里只有四个字：请多关照。想必父亲跟收件人的关系很熟。她点开附件中的简历，一个着职业装的女孩头像映入眼帘，披肩发，锥子脸，淡眉小眼，姿色平平。她 26 岁，江苏人，毕业于浙江财经学院，之前跟父亲在同一金融系统工作，父亲在总行，她在江苏省分行。

这女孩是谁？父亲为什么要帮她在北京找工作？莫未琢磨了一阵子，很难往那个方向想下去。她太年轻了，比自己还要小两岁，说不定是父亲哪个朋友的女儿。再看两个收件地址，一个是网易私人邮箱，无从考证，另外一个邮箱的后缀名是家知名保险公司。

莫未忍不住登陆了保险公司的网站，在“加入我们”板块中找到一条最新发布的社会招聘信息：通过初选的人员将在 4 月 20 日下午 2 点 30 到公司参加笔试。是今天！现在是中午 1 点 50。莫未犹豫了片刻，飞奔出门。

进入气势恢宏的玻璃大厦，冷气猛烈袭来，莫未觉得自己似乎又回到了曾经实习过的投行。一排严密的旋转闸门挡住了通往电梯的过道。莫未左右徘徊，前台的制服小姐向她走来。莫未说，我是来参加笔试的。小姐说，请出示您在官网上打印的准考证。莫未说，我忘带了。小姐说，请报您的身份证号，我帮您查一下。莫未说，你们的工作环境太压抑，我改变注意了。

她转身走到大厅角落里的咖啡吧，要了杯卡布奇诺，陷进柔软的沙发里。就像荒诞剧等待戈多一样，她不知道自己在等什么。等待一个不存在的女人，一段臆想中的故事，一桩莫须有的罪状。除了捕捉仅有的蛛丝马迹，对于拯救山猫残破的家庭她又能做些什么呢？老天保佑，她什么也别等到。

时间过得很慢，她刷屏刷得头昏眼花，手机发烫。近三小时过去了，陆续有人走出电梯，从单向自动玻璃门进入大厅。莫未戴上厚厚的镜片，费力地辨识着每一个年轻女性。当苏铭轩出现在人群中，莫未的心突突跳起来，感到一丝难以名状的担忧。她身姿娉婷，西服套裙严丝合缝，梳了个高高的马尾。也许因为画了淡妆，她比照片上好看，眉间有一丝娇俏。她把小黑皮包挂在手腕上，边打电话边走出大厦。

莫未跟出去，沮丧地发现她比自己足足高出一头。苏铭轩打完电话，心情似乎很好，马尾辫左右摇摆，步伐有几分雀跃。她穿过几幢写字楼，来到百盛商场门口，一辆轿车稳健地停在她面前。她拉开车门，上了副座。莫未在夕阳下感到一阵眩晕。那是父亲的车。

眼看车子开到了十字路口，莫未才拦下一辆出租车，对司机嚷："快跟上那辆古铜色沃尔沃！"司机冷笑："盯梢的事儿，我可不干。"莫未掏出三百元在他眼前晃了晃，他二话不说，踩下油门。

上了北三环中路，莫未已经知道他们会去哪儿了。故事不可避免地往最坏的方向发展，如同飞速转动的车轮碾过她的心。只用了一个下午，就揭开了父亲不回家的谜团。刚才车门开启的瞬间，没看见父亲的脸，他是不是笑得很温柔？

山猫家住的是早年妈妈单位分的房子，两室一厅，略显拥挤。五年前，父亲在北四环新开盘的远洋小区买了套大三居，两年后才着手装修，建材和家具都很上档次。山猫盼着父母赶紧搬进新家，他就可以自由自在地独居啦。不料父亲放话：想单飞就自己筑巢，我不会像其他家长那样给孩子攒钱买房，我可以借钱给你，但你要打借条。山猫一气之下卷铺盖离家，在美术学院附近租了个小公寓。每月房租几千块，山猫又贪玩，常常入不敷出，拆东墙补西墙。他发誓宁可露宿街头，也绝不跟老子开口要钱。几个哥们儿还劝他，老爷子嘴硬，就你这么一个儿子，等你结婚的时候，房子不给你给谁？

现在明白了，父亲是在为自己的“第二春”做准备。大约也是在三年前，父亲负责一个文化产业园区投资项目，常去江苏出差，短则两三天，长则七八天。也许就在那时候，刚刚走出校园的苏铭轩带着南方女孩特有的水灵浸润了他的世界。

山猫跟父亲的关系虽不亲密，但父亲在他心中象征着智慧与强大，就像一座巍峨的高峰，让他充满敬畏。随着年龄的增长，山猫一面挑战父亲的权威，同时却又不由自主地模仿他，靠近他。此时，父亲的光辉形象骤然坍塌。

想到孤苦伶仃的母亲，莫未的心被撕裂了。父母很少在外人面前显露恩爱，但一直相处融洽，三口之家就像三角形般稳固。山猫的安全感与生俱来，进门就喊爸妈，从来没有想过家庭会出现危机。纵然母亲有一百个不是，那也只是性格上的小缺陷，跟父亲风风雨雨相伴三十年，是他成功事业的坚强后盾，怎能在丧子之际遭到如此残忍的背叛？

目送父亲的车驶入远洋小区，莫未让司机掉头回家。司机同情地瞟了她一眼：“昨儿看新闻说有专职‘小三杀手’，不但能帮你捕捉证据，还能劝说小三儿改邪归正。不过费用真他妈高，得六七万。”

▼

第六章

脱胎换骨

照镜子的时候，山猫最讨厌自己那双因高度近视而变形的细眼睛。俗话说耳聪目明，眼睛看不清，整个人都显得呆滞。心灵的窗户像是被草纸蒙住了，外面的光透不进来，也失去了远眺和发现的乐趣，久而久之情绪便灰暗了。

莫未平时把眼镜放在兜里，万不得已才拿出来戴一下。她宁可在朦胧的世界里摸索，也不想变成傻乎乎的“四眼儿”。有天她在肯德基买完午餐，出门时没看清地上有摊水，结结实实地摔了个大马趴。胳膊肘挂彩了，手里的汉堡飞出两米远，被奔跑过来的小孩踩个稀烂。众目睽睽之下，店员扶她起来，她连声说没事，慌忙逃离现场，头又结结实实地撞在玻璃门上。那一刻，她对自己的躯体恨之入骨。

莫未决定去做近视激光手术。既然逃不出身体的牢笼，何不试着自我改造呢？父母不太赞成，说手术可能会有后遗症，不然那么多眼科医生还戴着眼镜呢。莫未可不管这些，人生可以短，但是必须精彩。她借口出去逛街，偷偷跑到眼科医院做了手术。一万五千元的手术费是她自己支付的。之前她从抽屉里翻出莫未的银行卡和身份证，到银行修改了取款密码，卡上竟然有六万余额供她“挥霍”，着实欢喜了一阵。

半小时的忐忑不安，五分钟的黑暗。她睁开发酸的双眼，迎来一个光明清晰的世界，心情也通达起来。天空蓝得似乎要滴出泪来，树叶上的纹理那样生动，翩跹的蝴蝶躲进花丛也能被她找到。科技是人类的福音啊，傻姑娘竟然忍受了这么多年的近视之苦。她拿起那副笨拙的眼镜，把它掰弯，丢进垃圾箱。医生告诫她手术后一个月内不要过度用眼，她便不看书，也不看手机，去找小姨玩。

莫未的亲戚里，小姨最具活力和亲和力。她年轻时是拉丁舞教练，现在在一家健身俱乐部教形体课。隔着体操房的玻璃门，莫未看见小姨正带着几十个学员练习芭蕾手位。她穿紧身体恤和练功裤，曲线优美，毫无余赘。她收腹提臀，微微踮起脚尖，莲花状的手指从身体两侧划过一个圆圈，手腕交叉在头顶，拉长脖颈仰望指尖。莫未突然被触动了。那种美，似乎与长相无关，更与年龄无关，为什么自己的皮囊毫无美感呢？

下课后，小姨出来给她一个热情的拥抱：“稀客啊！”

莫未说：“我要重返职场了，特来向你求教，怎么才能变好看点？”

“挺起来就好看。”小姨在她背上重重拍了一把，“从小让你跟我跳舞，你就是不学，后悔了吧？”

“可我长得忒寒碜了，别人看到这张脸会吐出来。”

“胡说八道，美人是练出来的。纵然天生丽质，也需后天雕琢。你小姨也算是远近闻名的一枝花，我外甥女怎么会难看？你只是不会捯饬罢了。比如你是长脸，就不该留中分直长发。”

“正式聘请你当我的形象顾问，现在就去做头发！”

小姨兴奋不已：“榆木疙瘩终于开窍啦，我保证让麻雀变凤凰！”

小姨带莫未去了家她经常光顾的美容美发店。经过首席发型师整整一下午的精心修剪和染烫，莫未的清汤挂面头变为时尚韩式波波头。镜子里的面孔焕然一新，蓬松栗色刘海使两鬓看起来饱满了许多，大波浪短发既显出职业女性的干练，还带有如梦初醒的性感。莫未不得不惊叹发型的重要。

小姨嫌她的衣服土气，跟发型不搭配。两人匆匆吃了碗牛肉面，直奔商场。小姨帮她相中的衣服都有点公主范儿，蕾丝边、泡泡袖、蝴蝶结，莫未接受不了。事实上，她根本无法忍受穿裙子，那感觉就像是光着屁股。小姨提着各式各样的裙子在自己身上比画着，无比惋惜：“这个也不喜欢吗？我要是像你这么年轻，全都拿下！”

最后，莫未买了条黑色铅笔裤，红、橙、蓝三件亮衬衫，外塔黑色小马甲，一双复古罗马鞋。小姨撇嘴道：“中性也算一种风潮？！”

莫未手机里有张照片：一帮男女手拿烤串做出各种夸张表情，而自己在角落里傻笑。她本以为那是同学聚会合影，仔细一看，大家年龄差距好像不小。她问小开是否认识这些人，小开大惊：“他们是你的同事啊！”

转眼就到五一了，跟公司约定过完假期就要去上班，可她一个同事也不认得，这是个问题。好在小开跟莫未参加过公司的聚餐，基本能对上号，指着照片给她一一介绍：“总经理凯文是个钻石王老五。这是他的美女助理杰西卡，你很欣赏她，可我觉得她八面玲珑。设计员马修跟你关系不错，不过他是gay。财务主管劳拉是工作狂，据说她离过两次婚，目前单身。”

莫未说：“你够八卦的。”

小开说：“这些都是你亲口告诉我的！”

莫未说："为啥都叫洋名啊，真他妈做作。"

小开说："外企呗，装洋葱。"

莫未说："我有英文名吗？"

小开说："你没有，有时他们开玩笑会叫你 Bottom[1]。"

莫未说："滚，这词还有屁股的意思呢，谁再这么叫我抽谁。"

小开扑哧笑了，转而又忧虑地望着她："没想到你的失忆症这么严重，连同事都忘了，这种状态怎么能上班？"

班是要上的。一方面莫未在家憋久了，想出去逛逛。另一方面，她也需要谋生的手段。前几天她听到爸爸给叔叔打电话借钱，说老房子住了十几年，想重新装修一下。叔叔那边支支吾吾，说儿子准备出国留学，也要一大笔开支。莫未二话没说，当即给爸爸转账四万元，自己只留下几千块零用钱。以她现在的资历，当策展人是没戏了，不知道回原单位能混几天。

莫未跟小开吃完饭回到家，心理医生正等着给她做复诊。他例行公事地问她食欲和睡眠如何，有无轻生的想法，拿给她一套心理测试题。她敷衍了事地打上勾勾叉叉。"很好"，教授笑眯眯地望着她，"今天你的衣服很鲜艳，还烫了头发，打扮自己表示对生活有所期盼。"她说："你的 Polo 衫不错。"他更乐了："好兆头，能把注意力转向外部世界，发现美好的

[1] 原词义为底部、末端、臀部、尽头等义，这里可作：末位。

细微之处，说明你的心理受正面因素的导向。”她说：“你的理论也不错，眼镜和假牙都不错，不过我不想再看见你，因为我已经脱胎换骨。”

莫未第一天上班就迷路了，在偌大的写字楼里东绕西拐，撞进一家生物科技公司。她查看自己名片上的地址，原来这是B座8楼，而她的公司在C座。到达单位已迟了半小时，大家在格子间里忙忙碌碌。马修端着杯子出来冲咖啡，花衬衫，左耳垂闪着一枚亮晶晶的钻钉。他旁若无人地从她身边擦过。她叫道，马修！他转过脸，从头到脚打量她三遍，给她一个香气四溢的拥抱：“哇塞，莫未你好靓！”

同事们纷纷探出脑袋，目光聚焦在她身上。莫未冲大家打个飞吻，把手搭在马修肩上：“可以护送我入朝吗？”事实上，她不知道自己的座位在哪里。马修接过她的手提包，躬身道：“娘娘前请。”马修带她穿过大办公区，她昂首挺胸，对每个人微笑，身后传来蚕啃桑叶般的窃窃私语。

走到里侧办公室，门口牌子写着财务部。一位身着大翻领豹纹衬衫的女子起身迎接她，这便是她的直接领导劳拉。劳拉给她介绍另外两位同事，一位是会计，一位是实习生。寒暄了两句之后，劳拉直奔主题：“公司没有会计无法运转，你离岗太久，我们招聘了新会计。苏珊休产假去了，你可以暂时顶替出纳的职位。有意见我们私下再谈。”

莫未心中窃喜。出纳总比会计好干，好歹她学过四年金融，数钞票应该不成问题。

她坐到自己的位子上，靠着柔软的卡通熊椅垫。桌面上和电脑屏幕积了厚厚一层浮灰。电脑右侧摆着阶梯式三层文件架和一个文具盒，还有盆早已枯萎的绿萝。抽屉紧锁，钥匙不知去向。她拉开左侧的小柜子，里面分为两层，上面放着印花玻璃杯，茶叶罐和蜂蜜。下面摆着一双精巧的黑色高跟皮鞋。

她打扫完卫生，打开电脑。开机密码成了第一个拦路虎。试了莫未以及父母的生日，都不对。几番捣腾之后，电脑死机。她翻箱倒柜找出一张安装盘，重新装了系统，设了新密码。电话响个不停，还不时有人上门找她办事。

出纳工作没有她想象的那么容易应付。书本知识跟实际操作相距甚远，她连记账凭证都不会填。她不知道印章放在哪儿，支票怎么开，保险柜密码是多少，仓库钥匙是哪一把，接完电话不知是谁打的，不认识银行的合作伙伴，分不清来找她报销的同事。更郁闷的是，她必须假装轻车熟路，不能让劳拉和会计识破她的“失忆”。唯一可以求助的是那个来公司实习了三个月的大学生。莫未让她帮忙做业务，细心观察她如何行事，逮空就拉住她问个不停。实习生虽然很纳闷，但都如实禀告。

表针爬得像蜗牛，总算熬到中午，莫未请实习生去附近的餐厅吃饭，问她觉得公司怎么样。实习生说还没想好是否要留下，因为她害怕劳拉。莫未说，她有什么好怕的？实习生说，你当然不用怕，你有老总撑腰。莫未饶有兴致地问，此话怎讲？实习生红了脸，不再多言。

下午莫未刚到办公室，一个美女抱着一束粉色的康乃馨走进财务室，嗲声道："莫小姐大驾也不通知我，我好在门口迎你嘛。半年不见，别来无恙？"

莫未还没起身，劳拉和会计已笑脸相迎。莫未在脑中迅速搜索那张吃烤串的合影，确定这是总经理助理杰西卡。小开形容她"八面玲珑"，让莫未心里产生一丝戒备。

"凯文本来要来看你，可惜临时有会，托我把祝福带到。"杰西卡把花递给莫未，盯着她笑道，"这个新发型体现不出你的婉约美，我还是喜欢你以前的样子。"

莫未说了声谢谢，从柜子里拿出玻璃杯，插上鲜花。

上班两周，莫未如履薄冰，每天来得最早，走得最晚，把所有的工作文件和档案资料细细研究了一遍。就在业务渐渐顺手时，她不慎丢了张购货发票。劳拉大发雷霆，尖利的声音穿透整个楼道："你脑子进水啦？！"

"对，是海水。"莫未望着桌上乱七八糟的纸张和票据，心里突然充满厌倦。她不会喜欢这工作，即便干熟了也毫无快感，就像当年在银行实习一样。她转身离去，爬楼梯到 9 楼，直奔总经理办公室。

穿过行政部，杰西卡叫住她："哟，匆匆忙忙哪儿去呀？"

莫未说："找领导汇报工作。"

杰西卡站起来，伸伸腰，笑道："你怎么戴起隐形了？最近在约会？"

"我是鹰眼，以前戴眼镜是为了装斯文。"莫未指着窗台上的小日历，"9 号到 12 号你画四颗小桃心是什么好日子？"

杰西卡窃笑："你好坏！"

莫未往里走，杰西卡拦住她："有预约吗？"

莫未说："你真幽默，我又不是访客。"

杰西卡说："人人想来就来，这不成菜市场了？凯文日理万机，你至少先打电话跟我约个时间嘛。半年没上班，公司规矩都忘了？"

莫未说："让开，有急事。"

杰西卡沉下脸："现在不能进去，凯文正在会客。"

之前明明从窗户看到凯文在楼下送走两位客人，莫未不由恼怒，一把推开杰西卡，闯进凯文的办公室。

凯文正在打电话，示意她坐下。这男人看起来四十岁左右，清瘦而结实，目光炯炯。莫未关上门，陷在沙发里。阳光透过百叶窗，照亮了他书桌上的龟背竹。他身后的墙壁挂着一幅苍劲的大字：云雷。

凯文放下电话，给她倒了杯水：“一直想找你谈谈的，上班这些天感觉怎么样？”

莫未说：“气不顺，心不甘。”

“一般人干几年出纳，都盼着熬成会计，你走下坡路，心里肯定委屈。”

她说：“我想换个部门。只要不做财务，做什么都行。”

“这显然是赌气。”凯文压低声音，“给你透露个消息，劳拉明年很可能去上海分公司任职，你就好好干吧。”

莫未说：“实话跟你说，我现在跟以前不同了，看见数字和报表就头痛。”

凯文锁眉：“我低估了那场灾难对你身体的伤害。”

莫未说：“虽然对数字没那么敏感了，不过我的智商可没降，情商还增了一大截。你把我调到客户服务部吧。”

凯文说：“那个部门远不是你的单纯所能应付的。况且，公司一个萝卜一个坑，怎能随意更换？”

莫未说：“先跟你打声招呼，见机行事嘛。我给你下保证，如果我去了客服部，三个月不出业绩，立马辞职。”

凯文困惑地望着她：“莫未，是你吗？你的姿态、语调、神韵全变了，跟之前判若两人。”

莫未盯着他的眼睛：“还记得在三亚我们通过的最后一个

电话吗？”

凯文说：“当然，我叫你打牌，你不肯来，当时我一点儿都没听出你有什么不对劲儿。如果知道你的情绪陷入低谷，陪你喝几杯也好啊。事后我一直很愧疚。”

他的眼神很透彻。莫未有种直觉，他与自杀事件无关。

回到办公室，莫未招呼实习生去吃午饭，她瞟了一眼正在敲电脑的劳拉，怯怯地说：“我手头还有事，你先去吧。”

莫未便叫马修一起吃饭，马修往两边看看，冲她使了个眼色。都他妈有病，莫未心里骂着，独自上了电梯，两个正在聊天的同事看见她，也不吭声了。

莫未穿过天桥，走进写字楼对面的美食城，要了碗过桥米线。马修不知何时跟来，端着两杯橙汁坐到了她对面：“Sorry，刚才人多眼杂，我也是迫不得已。”

“我是魔鬼吗？”莫未问他。

“你已经闹得人仰马翻了。劳拉到人力部奏了一本，说你工作严重失误还找老总告歪状。杰西卡的胳膊被你撞伤了，下午请假去医院。”

“杰西卡不当演员太可惜了。”莫未哭笑不得。

“你出事以后，凯文顶住压力帮你保留职位，招来很多非议，因为公司没有先例。今儿你还跟他闭门密谈，大家更有的说了。”

“难道员工不可以跟老总谈话？”

“开年会的时候，有人看到你跟凯文在海边散步，后来传闻你自杀是跟他表白遭拒了，而他对你好是因为内疚。真相只有你自己心里清楚。”

“让他们尽情联想吧。”莫未笑道，“没有绯闻的人生一文不值。”

“还是悠着点儿吧，人言可畏，你的小心脏和薄脸皮儿可承受不起。”马修小声说，“没看出杰西卡对凯文有意思吗，你可别往枪口上撞。”

莫未说：“我出事那天晚上喝了两杯，有些细节记不清了。你当时也在场吗？”

马修说：“何止两杯？你一口气灌下去三杯白酒，吓死我了。大家在做游戏嘛，你何必当真呢。”

莫未说：“玩的是真心话和大冒险吗？”

马修说：“是抽签讲自己的初恋故事。你说没有恋爱过，大家就起哄让你唱歌，否则罚酒三杯。杰西卡把歌都点好了，你却不接麦克风，一声不吭地把酒喝了，过了没多久就说要回房间休息。我们K完歌又去打牌，半夜就听说你出事了。”

莫未不禁恻然。她只能从别人口中捕捉到七零八落的片段，就像碎珠无法复原，真相难以浮出水面。不知道这个女孩的内心当夜到底经历了怎样的煎熬。她一定在海边孤独地坐了很久很久，直到身体被夜风吹凉，流尽最后一滴眼泪，绝望地走向深渊。

第二天，莫未正在对账，杰西卡飘进财务部，胳膊肘贴了块膏药。劳拉一脸关切：“还疼吗？”说着，还冷冷地瞟了莫未一眼。

“拍了片子无大碍，也怪我自己没站稳，正磕在桌角上。”杰西卡笑道，“说正事儿，歌唱比赛就差你们了！”

劳拉笑了：“我才不给你当炮灰呢。”

杰西卡说：“这回我歇菜了，客服部新来的那个经理是专业男中音，一张嘴整个楼都震。”

实习生问：“比赛不分性别吗？”

杰西卡说：“总共才二十个人报名，不分男女，不分年龄，不分唱法。这次公司下血本了，请来音乐学院教授当评委，还有乐队现场伴奏！凯文说了，要总体动员，广泛参与，反正你们财务部得出个人。”

劳拉瞅着会计和实习生：“最近我这喉咙不爽利，你俩石头剪刀布吧。”

莫未脱口而出：“我报名！”

所有人一脸惊讶望向她。劳拉说：“你少气我，年会上咱部门合唱，你死活不上，非说自己五音不全。”

杰西卡笑道："太阳从西边出来了。"

莫未说："不是不唱，时候未到。"

下班后，莫未直奔卡拉OK厅，要了一个迷你包间。柜台冷冷清清，自助餐区也关闭了。现在唱歌的人少了，不像当年跟同学一起K歌还得排队预约。

在昏暗的光线中，独自抱着一只麦克风，莫未真想痛哭一场。好久没唱歌了，仿佛过了一个世纪，事实上也已是上辈子的事儿了。没有音乐的人生，如同行尸走肉。可她一直在逃避莫未的声音，逃避那种强烈的异己感。平时她连话都很少讲，怎么一时冲动报名去唱歌呢。那个瞬间，她忘记自己丢失了强大的躯体和金嗓子，如同折翼之鸟妄图展翅高飞。山猫死了，可他的虚荣心还在作怪。

她清唱了一首《弯弯的月亮》，探索这个全新的声带。肺活量小，音域也窄，而且她的嗓音天然有点沙哑，就像布满皱褶的丝巾，显得陈旧暗淡。想起山猫那清亮高亢的嗓音以及大江大河般的气势，她恨不得砸烂屏幕。离比赛只有一个月，这种状态上场真是丢人现眼。可是想起那些同事讥诮的眼神，她又不甘心放弃。她的手指茫然地在点歌页面划来划去。这几天就要报参赛曲目,那些有挑战性的歌她的嗓子基本上负荷不了，可简单平缓的歌肯定没竞争力。

山猫的舅舅曾说过的一句话，有时简单就是最美的，画画如此，音乐亦然。当时舅舅摘下一片榕树叶，横在嘴边吹了首小曲，只有四个音符组成，却通过气息的强弱变化和手指的轻微振动，勾勒出鸟群忽远忽近翱翔的画面，最后随着一丝颤音消失在天边。山猫大为惊叹，舅舅拍拍胸口，说鸟在我心里，多么快乐。

也许，在有限的时间里，挖掘声音对情感的表现力比攻克有难度的歌曲更重要。毕竟再差的嗓子，也是独一无二的。莫未给自己制定了一套短训计划：气入丹田练呼吸，长短跳音练发声，对镜绕口令练咬字。

晚上睡不着，莫未想到一个好办法，既然声音差强人意，何不用吉他弹唱的形式来给自己加分呢？

首先，要弄来一把好吉他。拿回山猫的吉他是没戏了，妈妈会跟她拼命。她想起云豹有好几把闲置的吉他，而且那小子最近在微信朋友圈上发布了吉他授课广告，何不骚扰他一下？

她以学员的身份加了云豹的微信。他约她周六下午去他家碰面。周六原本是乐队排练的时间，莫未有点难过，又十分激动。

云豹怕她找不到路，特意到公交车站接她。他穿短袖 polo 衫和牛仔裤，山羊胡子拉长了他的脸，更显消瘦。莫未假装对环境很陌生：“为啥在这荒郊野外开课呀？一路走来，人越来越少，树越来越多，我担心要被绑架了。”

“你属于绝对安全的类型。”云豹说，“一节课我才挣百来块钱，到市区教课还不够交房租呢。”

走到院子门口，里面传来凶悍的犬吠。莫未差点叫出黑枪！得亏及时咬住了嘴唇。那只名为黑枪的德国黑贝越过篱笆，向他们奔来，云豹连忙把莫未护在身后。当它与莫未对视，突然收声，立直矫健的身躯，两只前爪抱在胸前，仿佛被怔住了。也许这小精灵能直视人的灵魂。莫未上前摸它的脑袋，它顺从地卧在地上，眼里流露出一丝亲昵的哀怨。云豹很惊诧：“平时见了生人比狼还凶，今儿装什么乖？”莫未轻轻托起它的下巴，爱抚它湿润的黑鼻子，它伸出粉色的长舌头添她的手心。莫未热泪盈眶，心中默念，黑枪呀——只有你还认得我。

迎接他们的是一位胖胖的中年女佣。从前那位印尼小尤物不见了。他们脱掉鞋子，踏着天然玉石地板走进客厅。女佣上完茶，又多看了莫未几眼，惊叹：“好巧啊！”

云豹问：“你们认识？”

女佣说：“上次你喝醉了，就是这位小姐把你送回来的。当时我忘记付车费了，转头她已经走了。”

云豹一脸茫然：“哪一次？我醉的不计其数。”

莫未添油加醋地说：“你从 Black Box 出来，倒在街上像只死猪，几个小痞子围过来踢你。我费了九牛二虎之力才把你拖到出租车上。”

云豹说：“前三节课的学费给你免了。”

莫未说：“若真心报恩，就借我一把吉他，单位演出用，下月还你。”

云豹起身道：“跟我来，随便挑。”

莫未跟着他穿过泳池，顺着旋转楼梯走到二楼的琴房，十几把色泽迥异的吉他静静地躺在展架上。这里的气息太熟悉了，莫未深知每一把琴的来历。她快步走到里侧，仰望着心仪已久的那把爱尔兰纯手工木吉他。

云豹说：“你最好选电吉他，我比较擅长摇滚风格。”

莫未盯着它一动不动。

云豹显然心疼了，但又不好食言，只得由着她把琴取下来，喜笑颜开地抱在怀里。

在昏暗的光线里，莫未弹了一首《魔笛主题变奏曲》。拨响琴弦的瞬间，她觉得山猫复活了，一切都回来了，哥俩儿就像往常那般坐在琴房里无忧无虑地玩音乐。她的手指像跳舞的精灵，魔术般变出美妙的音符。

曲终，云豹愣了片刻，回神道：“你乐感不错，只是技法训练不够。你左手按弦的力量太重，放松再试一下。”他拿起吉他给她演示：“你的毛病跟我哥们儿一样，太刻意了。不要试图去驾驭吉他，它是有呼吸有生命的，温柔地爱抚它，它会给你更多的惊喜回应。当然，要虚实结合，多做消音练习。”

莫未问：“你哥们儿跟你学的吉他？”

云豹摇摇头，闪过一丝苦涩的笑容。

莫未问：“你现在收了几个徒弟？”

云豹说：“都他妈不靠谱，一个高三学生冒充大学生偷偷跑来跟我学琴，被他爸逮回去了，还臭骂我一顿。一个真大学生报了十节课，速成学了首《童话》，只为在宿舍楼下给师妹表白。一个女孩学了三个月连入门指法都不会，敢情是为了追我。还有个七岁小孩闹着要学吉他，他爷爷奶奶苦苦劝我收他，结果第一天就把琴摔坏了。”

莫未乐了：“你还真教课？以为你开班为了泡妞呢。”

云豹说：“泡妞也不找你这么寒碜的。”

莫未说：“我已经看惯这张脸了，请你从陌生人的角度中肯地评价，我是特惊悚吗？”

云豹憋着笑：“美妇未必美，所美貌徒美。丑妇未必丑，所丑行不丑。别丧气，至少你不讨厌。有些美女只能看看，一接触就令人生厌。”

山猫离去以后，圣鹰经常发呆，做任何事情都慢半拍。

比如去食堂排队买饭，直到后面的同学催促，他才发现轮到自己了，便胡乱点两个菜。去图书馆自习，他望着窗外，好久才能回到书本中。有时天马行空胡思乱想，有时仅仅是断电般的死机状态。

他比以往更喜欢独处。因为他跟不上别人跳跃的思维，觉得对话很累。可他的班长总爱找他谈心。那女孩梳着高高的马尾，鼓着明亮的眼睛，带着普度众生的热情，善于晓之以理，动之以情，再配上温柔的拍肩动作，据说激励过无数失意青年。

这天上英文课，班长专挑圣鹰旁边的位子坐，还给他传了张纸条：

> We must accept finite disappointment, but we must never lose infinite hope.
>
> —— Martin Luther King, Jr.[1]

课后，班长随他一起走出教室，说好久没看到他打球，操场上缺了一道靓丽的风景线。圣鹰直戳戳地问她有何贵干。其实他料到了，她来动员他参加电子工程系组织的雁西湖之旅。她说全系同学都报名了，只差他一个。他斩钉截铁地说现在没有心情旅行，就是系主任来劝也没用。她强调这不是普通的旅行，是生态环保学习，让他从大局考虑，珍惜集体活动。他说

[1] 译文：我们必须接受失望，因为它是有限的；但千万不可失去希望，因为它是无穷的。——马丁. 路德. 金

我不是领头羊，我不去不影响大局。她说我是领头羊，我的责任就是不让一只羊掉队。圣鹰从没见过这么难缠的女人，不由心烦意乱。

班长开始打柔情牌："我知道你失去了最好的朋友，一个人闷着更难过，不如跟大家出来散散心。你的朋友肯定也希望你尽快振作起来。"

圣鹰说："你无权谈论他。"

班长说："那我们谈你，你逃课、沉默、不合群、成绩下滑。如果你解不开心结，我可以帮你预约心理学系的咨询师。"

圣鹰冷笑："我少参加一次活动，不会影响你表功、评优、竞选、从政。难怪有人叫你圣母婊，还是管好自己的事吧！"

班长的眼泪夺眶而出，圣鹰丢下她，匆匆钻进图书馆。他无意伤害任何人，也不需要任何人。他真想逃到一个孤岛上打发余生。

圣鹰挑了几本杂志，每本翻两页就看不下去了。他趴在桌上打盹，头昏昏沉沉，心里的痛苦却还是尖锐的。前几天他到Black Box独酌，听见邻桌几个人在议论山猫，说他很可能是投海自杀，还列举出一串自杀的歌手，说这些搞音乐的外表光鲜，八成都有精神分裂症。他们大口喝酒，大声说笑。圣鹰强忍住没掀翻他们的桌子，而是把一杯杯火烧般的烈酒灌进肠胃。零点，一支名为 Vacuo[1] 的两人乐队出现在舞台上。主唱是个耀眼的女人，声音水妖般魅惑，腰肢水蛇般舞动。老板杰瑞无意中碰触到圣鹰的目光，向他投来尴尬而略带歉意的一瞥。圣鹰对他充满感激，至少门厅的墙上还留存着 Preyer 乐队的照片。旧人已去，新人必来。酒吧要维生，签约新的乐队太正常了。谁让山猫死了呢？死了就只能被妄议，被遗忘。圣鹰觉得自己也死了一半，因为他的音乐生涯终止了。不少朋友对他说，以你的才华，再混个乐队不成问题。可他们不知道，找一个真正的知音和搭档如同海底捞针。

迷糊中听到手机振动，圣鹰揉揉眼睛，发现罗溪发来一篇文章。她时不时会给他发些心灵鸡汤，他一般懒的看，而这个题目吸引了他：《唯有死亡，才能证明友谊》，引述了古罗马哲学家西塞罗《论友谊》中的很多片段。

> 人死了之后，灵魂会与肉体分离，如果朋友是个有德行的人，他的灵魂必然会到更好的地方去，所以没有必要为他哀伤。当然，有些学派认为，人死了就什么都没有了，灵魂与肉体一起从世间消散，不会再有好事，也不再有坏事。如果是这样，对朋友而言不好也不坏，也不需要替他哀伤。

---

[1] 译文：真空。

西塞罗还说，你之所以那么哀伤，是你觉得你失去了重要的人，说明你不是为朋友哀伤，而是为你自己的损失哀伤。

圣鹰有醍醐灌顶之感。

> 朋友有时候就是在世界上遇到另一个自己。你的朋友去世了，而你还活着，你也没有失去什么，因为你的朋友虽死犹生，音容宛在，正是通过你体现出来。

山猫是另外一个我吗？我可以替他活吗？圣鹰问自己。其实山猫的性情与他截然相反，如果山猫是喧闹的白天，那他就是沉静的夜晚。第一次在过街天桥上卖唱，第一次骑单车进西藏，第一次出国巡演，第一次跟漂亮姑娘搭讪……那些他不敢想，或者想了也不敢做的事，都是山猫带他完成的。山猫对他的吸引力，源于黑夜对光明的渴望。

为了表达感激之情，圣鹰跟罗溪闲聊了几句。罗溪说，上个月新加坡植物园有棵古树轰然倒塌，造成一死五伤。圣鹰问，你是不是很后怕，最近不敢再去植物园了吧？罗溪说，我每周必去，已成习惯，我只是觉得，人生无常，要做喜欢的事，陪伴喜欢的人。

圣鹰没再接茬，随手翻了翻她的朋友圈，发现去年12月底，她发过一篇帖子：

> 我好想带你夜游植物园。成千上万的热带植物在皎洁的月光下呈现诡谲的形态。两侧的路灯充满古典韵味，六边形灯罩里透出朦胧的光晕。巨大的树冠里蝉鸣不断，湖畔传来介于犬吠和牛叫般的声响，不知道是不是牛蛙。通往石球的坡道上种着我最喜欢的香灰莉，白色小花散发着醉人的幽香。空气微潮，道路弯曲，景色多变，我们可以一直走下去，走下去……

图书馆闭馆了，圣鹰沿着林荫路走回宿舍，头顶一轮巨大的黄月，胸中难得舒畅。三个室友把扑克甩在桌上，骂隔壁一哥们儿重色轻友，放他们鸽子。圣鹰说，我来顶上。他觉得这句话好像不是自己说的，而是出自山猫之口。山猫喜欢扎堆儿玩耍，他说过，一个无聊的酒局也比独自在家啃猫粮要好。

室友们惊讶地对视片刻，连滚带爬地把床铺让出空来。

赛场设在公司附近的华龙大酒店宴会厅。

女选手们争奇斗艳，杰西卡最抢眼，早早换上金光闪闪的晚礼服，玉脊一览无余，扇形发髻插着优雅的紫罗兰。

马修要给莫未打扮，她不肯，被他强行拉到化妆台前。马修打开黑色的手提箱，弹出三层花花绿绿的瓶瓶罐罐。莫未吓得连连摆手："太复杂了吧，我是去唱歌，不是选美啊！"

"素面朝天可不行，评委的印象分会打折扣，还没张口你就输了。"马修拿起一只粉饼，"我看看你的演出服，好给你配妆。"

莫未指指自己的迷彩背心和黑皮裤。

马修倒抽一口凉气："真服了你。要唱摇滚吗？"

莫未说："老子以前真是玩摇滚的，现在回归柔情了。"

马修用小镊子麻利地帮她修好眉毛，然后让她仰头闭眼，娴熟地更换大大小小的毛刷，就像在她脸上作画。约摸过了半小时，莫未的脖子都酸了，照照镜子，大吃一惊。白瓷般的面孔，扬眉入鬓，深邃细挑的狐狸眼，眼尾一抹红色眼影如同日落晚霞，红唇似新鲜的伤口，难以名状的冷艳。

马修拿起梳子和发胶，三下五除二把她的头发打造成蓬松凌乱的蘑菇型，又用卷发棒把她的刘海斜拉到脸侧，左眼恰好半遮半掩，增添了她的神秘感。

原来一个丑小鸭是这样华丽变身的。莫未好像瞬间领略了女性的秘密，不由想起曾经跟山猫约会过的那些美人，除了小焰，都未曾显露庐山真面目。

"你真有两下子，制造了这么大的骗局。"莫未感慨。

"女人可以通过化妆改变命运，这是上帝的眷顾。"马修不无得意，“我是时尚杂志的特约造型师，外人花钱还请不到呢。”

莫未走进宴会厅，同事们都像不认识一样盯着她。特别是男同事，眼睛明显发亮。杰西卡回头看了她三次，踩到裙子差点摔倒。莫未暗自发笑，所有人都卷入了这场骗局。

初赛共有十二个选手演唱，三位评委打分，前六名晋升决赛。客服部经理赖安凭借歌剧《卡门》选曲《斗牛士之歌》高居榜首。杰西卡以一首酣畅淋漓的粤语歌拿到第二名。莫未唱的是老歌《不了情》，排名第五。评委点评她的唱腔既有邓丽君的温婉，也有蔡琴的沧桑，希望她能大胆探索自己的风格。

在洗手间跟杰西卡相遇，她难以置信地盯着莫未：“你真是深藏不露啊！为什么年会上不跟我们K歌呢？”莫未笑道：“哪里，在你面前是班门弄斧。”杰西卡说：“听说头奖是双人巴厘岛四天梦幻之旅，估计要被赖安夺走了。”莫未不由自主地望着她的乳沟：“以你的魅力，给他抛个媚眼，他巴不得邀你同行。”杰西卡在她背上捏了一把：“你变得坏透了。”

决赛上场的瞬间，莫未突然改变了原来的计划，决定唱一首属于山猫的歌。她抱着吉他，走到麦克风面前：“我根据亲身经历，改编了罗德·斯图尔特的*Sailing*[1]，希望大家喜欢。”

---

[1] 《远航》。

她拨响经典的前奏曲，时光倒流至半年前那片表面平静却暗藏杀机的海域。

I’m sailing, I’m sailing
Far away home,cross the sea.
I’m sailing,in gloomy night,
Leaving my love, following a dream

I’m sinking, I’ m sinking
In fears,in tears
I’m sinking, in stormy waters
To the neverland, to the hell

Can you hear me,can you see me,
Throgh the violent wind,cross the sea
I’m dying, forever trying
To be near you,to be free

扬帆起航，起航，
我远离故乡，跨越海洋。
在阴郁的夜晚，我扬帆起航，
与挚爱分离，追寻梦想

船在下沉，下沉
我心怀恐惧，泪水满溢
在惊涛骇浪里，我缓缓沉没，
驶向永无乡，坠入地狱

你是否听见我的歌声，你是否看见我的影子？
穿过飓风，跨越海洋
我垂死挣扎
为了回到你身边，为了重获自由

汹涌的海水漫过四肢，脖颈和五官，山猫临终前的苦痛与战栗席卷而来，汇入她丝帛开裂般的沧桑歌声。她忘记了比赛，甚至忘记了自己，随着山猫又死了一回。以至曲终，她却浑然不觉。

坐在前排的马修擦擦眼睛，站起来带头喝彩。所有的观众陆陆续续起身鼓掌，包括评委。如同阴郁的云层透出一丝光亮，莫未重生以来心中首次充溢着昂扬和喜悦。生命有歌，就有希望。

当凯文把金闪闪的奖杯颁发给莫未时，大厅的顶棚都要震翻了。

▼

第七章

怀念舅舅

清晨雨后，莫未怀抱一束灿烂的向日葵，和山猫的妈妈搭上开往西郊的长途车，去看舅舅。时间是早已约好的。妈妈原本再三推辞，但莫未坚持要与她同行。妈妈说，傻孩子，你一定很爱山猫。莫未说，我爱他，就像爱自己一样，他舅就是我舅。

车上只有稀稀落落几个乘客。莫未跟妈妈聊家里和单位的琐事，告诉她自己一举夺得公司最佳歌手大奖。妈妈听得很认真，嘴角掠过欣慰的微笑。莫未也借机敲打她："叔叔怎么老不着家，您得提防着点，说不定他外头有人了。"

"那也正常。"妈妈异常冷静。

“妈，你老纵着他！”莫未脱口而出。

妈妈愣了一下，笑了笑，大概以为自己听错了。

莫未说：“你去闹呀！让亲戚朋友们来评评理！”

“闹什么呢，我能积攒一点力量活下去就不错了。家里像个坟墓，满眼都是伤心的回忆，他待不下去的。他在人生的顶峰，还可以组建新的家庭，开启新的旅程。而我活在过去，只想儿子，没有未来。我们必然分道扬镳。”妈妈说，“他中年丧子，已历经人生至哀至痛，若能从别处寻得解脱，于我也是一种安慰。”

莫未握住她的干瘦冰凉的手，思忖着世间怎么会有如此豁达的母亲，可她的至哀至痛怎么才能有丝毫的排遣？望着窗外连绵不绝的野山，莫未心口像压了一块巨石。

墓园背靠青山，芳草如甸，在晨雾中透着清幽的气息。舅舅的墓碑很好找，在园区西侧的一棵大槐树下，竖立的胡琴造型。碑文除了他的姓名和生卒年，只有三个字：爱音乐。

莫未忙着清除墓碑边的杂草，妈妈点上三炷香，从包里一样样掏出舅舅生前爱吃的绿豆糕、蜜三刀和咸鸭蛋，拉家常般叨念着天热别贪凉、汽水要少喝、睡觉关风扇。莫未觉得很好笑，难道阴间还有汽水和风扇吗？妈妈说这些的时候嘴角起皱，风掀起她雪茫茫的发根。她显得很老很衰弱，完全褪去了知识分子和职业女性的形象，成了一个失去了弟弟、儿子乃至丈夫的有点神经质的老人。

妈妈向来很疼舅舅，特别是姥姥去世以后，她是半个姐姐半个妈。舅舅的天马行空和妈妈的理性节制背道而驰，她从不曾真正理解过他的精神世界，但她一直在试图保护和包容他。她曾背着爸爸拿出一大笔存款帮舅舅买下他钟爱的紫檀二胡。在舅舅丢了饭碗穷愁潦倒之时，她三天两头给他零花钱。当她听说有个小学同学当上了文化部门的干部，一向清高孤傲的她竟然亲自上门拜访，求老同学帮舅舅找个差事。天时地利人和，非科班出身的舅舅竟然撞进了市属的一家歌舞团，度过了他人生中最快乐的一段时光。后来，当山猫逐渐展现出对音乐的狂热，妈妈不禁感慨，你怎么越来越像你舅了。语气里既有无奈，似乎又有种欣慰。

听姥姥说，舅舅五岁那年爬树不小心跌下来，后脑勺着地，不省人事。大人抱起来连拍带喊，把人中都掐破了，他仍没有知觉。就在姥姥号啕大哭时，他突然睁开眼傻笑了几声，自此以后就有点缺心眼了。

山猫可不觉得舅舅缺心眼，反而认为他聪明绝顶。没有舅舅不会玩的乐器，笛子、唢呐、二胡、古琴、手风琴、敲锣打鼓……无论哪种乐器到了他手里，就像获得了生命般的灵性，而且基本上无师自通。儿时山猫邻居家的小杰天天被父母逼着练小提琴，比锯木头还难听。有天舅舅在楼下教山猫骑自行车，小杰拿着小提琴在一旁眼巴巴地看着。舅舅跟小杰说，你的琴给我玩玩，让你骑车兜两圈儿。小杰把琴丢给舅舅，急不可耐地跨上了山猫的车。舅舅拿起小提琴，学着小杰的样子把琴身架在左锁骨上，下巴顶住腮托。右手在空中比画着琴弓。山猫笑他，土八路被洋玩意儿难倒啦！舅舅吱吱呀呀地鼓捣了几下，居然拉出一首完整的《小星星》，而且音色婉转优美。连小杰都傻眼了，山猫更是对舅舅佩服的五体投地。

其实舅舅本身就是个庞大的乐团，他的口技可以模拟任何乐器，还能发出鸟鸣虫叫、蝉鸣蛙唱，鸡鸣狗吠，风吹雷响、水滴穿石所有一切自然中的声音。山猫曾跟着舅舅一路走过长安街，回头率百分之二百。从俄罗斯民歌到琵琶协奏曲《春江花月夜》，从苏格兰风笛到名曲《百鸟朝凤》，时而华丽壮阔，时而柔婉低鸣，世间千种妙音万种风情尽在舅舅双唇一张一翕之间。山猫得意扬扬地击掌打响指，充当打击乐伴奏的角色。路人无不驻足，孩子们雀跃地跟着他们跑，还有外国游客举着相机给舅舅拍照呢。如果闭上眼睛，谁都会以为是一个庞大的管弦乐团在演奏！

舅舅是个天生的乐手和表演者，可惜他跟舞台没有多少缘分。高中毕业后，他偷偷考上了沈阳军区的文艺兵，却遭到家里一致反对。姥爷认为男孩吹拉弹唱不是正经儿差事，姥姥则舍不得唯一的儿子离家远去。舅舅被关在家里，直到错过军检的日子。据说他绝食了三天三夜。那时妈妈刚结婚不久，跟爸爸住在单位的宿舍，每周回来一次。听闻此事，她跟父母嚷起来。姥姥红着眼睛说，你弟从小缺心眼儿，白白让人欺负，瞅不见他我这心就悬着。将来我不在了，你要替我照看他。

当年姥爷是一家机械厂的总工程师，安排舅舅到下属的锅炉厂包装车间上班。姥姥踩着缝纫机连夜给他做了两副蓝套袖。舅舅很快适应了新环境，每天高高兴兴上班来，平平安安回家去。重活累活他抢着干，还是厂里的文艺骨干，新春联欢会带领上百人演唱摇滚版《咱们工人有力量》，被评为工会先进分子。厂里给他发了个带计算器的人造革文件夹，还有一只印着“奖”字的白搪瓷水杯，他一直珍藏在壁橱里。可惜，厂子在 90 年代初因为效益不好倒闭了，舅舅因此结束了十年的工人生涯。

山猫上小学二年级的时候，班里要举行新春联欢会。他是文体委员，班主任让他准备个节目。山猫找舅舅出主意，舅舅教他那个年代时髦的《歌声与微笑》，还答应给他伴奏。山猫在舅舅家一遍又一遍地练歌，舅舅听完总是微微摇头说，还差一点，声音没出来。山猫仰着脖子扯开嗓子，舅舅说你在喊歌，不是唱歌。舅舅带他去了紫竹院公园，背靠竹林面朝冰湖而立，说，这没人，你放开唱，想象一只小鸟从你的小肚子里飞出来，越过湖面，奔向远山。说罢，他用浑厚的歌声给山猫做示范。山猫唱着唱着，突然找到感觉了，有股热乎乎的气流贯穿他的身体，从头到脚开始发热，胸腔如同扩音器，声音就像长了翅膀，能传得很远很远。

元旦那天教室张灯结彩，课桌椅摆成U形，大家围坐在一起嗑瓜子、剥桔子，笑声不断。班长报幕后，舅舅抱着手风琴坐到正中间的椅子上，山猫背着手站在他旁边，面对齐刷刷聚焦而来的目光，喉咙发紧，心“怦怦”跳得厉害。舅舅跟他相视而笑，脚轻轻点着地面打拍子，手指灵活地在键盘上舞动，风箱开开合合如同巨大的扇子，送出欢快优美的旋律。山猫的心情归于宁静，放声高歌，就像回到了紫竹院的湖畔。

明天明天这歌声飞遍天涯海角，明天明天这微笑将是遍野春花。

清亮纯澈的童声驱走了寒意，唤来灿烂的春天。山猫和舅舅配合的天衣无缝，以至于演出结束后，全班同学静默了片刻，然后掌声雷动，用彩条和金粉喷了他们满头满身。从那一刻起，山猫萌生了当歌手的梦想。班主任满脸豪气地带他们去其他班巡演。全年级六个班，他们演了七遍，因为校长带着教导主任来班里拜年，他们又加演了一场，校长赞不绝口，从兜里掏出块巧克力奖给山猫。

山猫还跟舅舅学过二胡和竖笛，但他性子急，又贪玩，没有坚持下来，只得些皮毛。记得舅舅常坐在院里的板凳上，乘着苹果树的阴凉，忘情地拉着二胡，从白日到残阳。山猫百无聊赖，就满院子抓蚂蚁，放进玻璃药瓶。小瓶子黑压压地装满了，音乐的神韵也悄无声息地融进他的血脉和细胞里。二胡是舅舅的最爱，琴弓在弦上划动，像是在割他的心，透着山猫似懂非懂的凄凉。他很想拉舅舅陪他玩，可舅舅发痴的背影让他敬畏，不敢贸然惊扰。真正的艺术家，总是有股置于死地而后生的痴劲儿。舅舅在山猫心里是伟大的艺术家，虽然他在人间没有留下任何头衔。

回想起来，山猫成长中的快乐时光里总有舅舅的影子。舅舅的笑声通透爽朗，有时会吓人一跳。因为大部分人没有那么开怀的时候，或者说，随着年龄的增长，人们已经忘记孩童时那种无拘无束的欢笑。而舅舅心灵中的某部分，似乎自五岁以后就停止生长了，保留着原始而单纯的幸福感。

山猫在放学的路上遇到一只脏兮兮的小花猫，卧在煤堆上冲他叫个不停，声音娇弱而哀怨。他往前走，小猫滚下来往他身边挪，歪歪扭扭，重心不稳。原来，它的右前腿瘸了。山猫把它抱回家，有洁癖的妈妈自然不让他进门。他找了个纸箱子，里面垫上毛巾，在走廊里给小猫安家，还偷偷翻出柜子里的奶粉喂它。可居委会的老大妈三番五次上门找茬，说他破坏公共区的卫生。

一气之下，他抱着小猫去找舅舅。那时舅舅的单位还没分房，跟姥姥姥爷住在老营房路的小四合院里，青瓦白墙，院里还有棵苹果树。舅舅见到小猫十分欢喜，打开一听沙丁鱼罐头喂它，还给它冲了碗麦乳精。待它吃饱喝足，舅舅肩上搭条毛巾端来一盆温水，要给它洗澡。小猫拼命躲闪，抓破了他的手。山猫跟舅舅合力摁住猫，强行淋湿它的皮毛，用了点“飘柔”洗发液，再冲洗干净。那猫真瘦啊，毛贴在身上满院子窜，体积缩小了一半，像只小鹌鹑。毛干了以后，露出黄白相间的本色，它显得神清气爽。

小猫长得很快，山猫每次去舅舅那都觉得它大了一圈，背部的毛逐渐变成深褐色，四肢明显壮硕起来，腿伤也养好了，爬树翻墙无所不能。它常常彻夜不归，早晨才窜回院子，在树下美美睡上一觉。他抚摸它圆鼓鼓的肚皮，它便把爪子缩进肉垫跟他嬉闹，用带刺的舌头舔他的手心。直到邻居提着被咬死的兔子和鸽子来告状，他才明白，家里的饭菜早已无法满足它的胃口，看似平静的夜晚隐藏着血腥的杀戮。猫傲然立在房顶上，无视邻居和家人的斥责，两只警觉的耳朵顶端竟然长出了一撮黑簇毛，如同京剧里武将头冠上威风飘飘的翎子。一群大雁从天空掠过，它仰起脸，舌头舔过嘴角，橙色眼睛里射出豹子般的凌厉光芒。它似乎永远也无法被驯化，他和舅舅不约而同给它取名叫“野猫”。

野猫曾救过他一命。他跟一个粗野的大孩子打架，被绳索勒住脖子，险些窒息。野猫扑上来抓咬那孩子的腿。大孩子恼羞成怒，举起猫狠狠丢进冰冷的河里。只听“扑通”一声响，他的心差点跳出嗓子，对着荡漾的波纹哭天抢地。奇迹发生了，野猫突然从水中跃起，冒出圆圆的脑袋，嘴里还衔着一条活蹦乱跳的鱼，四肢如同船桨般飞速划行，一起一伏地游上岸，抖落满身水珠。

舅舅和他喜欢带着野猫到山区远足。它上树扑鸟，钻草抓田鼠和野兔，还曾捕到一条小蛇，常常时隐时现。每当野猫消遁的时间稍微长点，他和舅舅便焦急地放声呼喊喵咪，它便变魔术般蹿出来。可有一次，野猫似乎听到了来自另一个世界的召唤，踏上树梢凝神远眺，随后狂躁不安地撕扯着树皮，疯狂地奔出数百米，又折返回来盯着他们。他有种不祥的预感，想上前抱它。野猫向他们投来最后一瞥，转身一去不返。他们找到天黑也不见踪影。他哭了，舅舅说兴许它先回去了。以前野猫也丢过，家人急得四处找，它早已在家呼呼大睡。他们抱着一线希望回到家，而它的卧榻空空。

次日他逃了半天课，拉着舅舅上山去找野猫。路遇拾荒的老人，他急不可耐地问他有没有见到一只大猫，边描述它的样子。老人说天蒙蒙亮时见过，它从一棵树上腾空而起，跳到另一棵树冠上，惊飞鸟群，转眼就消失了。他既骄傲又悲伤，说那就是我养的猫。老人笑道，它可不是普通的猫，是一只罕见的山猫，这种猛兽是无法圈养在家的。

山猫！他瞬间被这两个字迷住了。离群索居，高贵威严，与黑夜皓月为伴，与密林山崖为伍，动则狂奔千里，静则蛰居数日。世界上生存能力和捕猎本领最强的猛兽之一，却又偶尔伪装成呆萌的宠物惹人怜爱。

舅舅说，你以后的艺名就叫山猫吧。

他胸中奏响欢歌，自此拥有了人生中最钟爱也最传神的名字——山猫。

姥姥生前最操心的就是舅舅的终身大事，遗憾的是她闭眼时，他也没把媳妇领回家。

平心而论，舅舅长相不错，棱角分明的国字脸，浓眉大眼。儿时山猫跟着舅舅去公共浴室洗澡，看他匀称健壮的线条，颇像美术书上的大卫雕像。用现在的话说，舅舅不但是型男，还是潮男。1986 年，舅舅敢拿出一年工资拎回一台硕大的进口双卡录音机。整个院子响彻邓丽君甜美的歌声，仿佛天籁之音，让围观的邻居们筋骨酥软。在大多数老百姓对港台流行乐还没什么概念时，舅舅已跑到首都体育馆听 Beyond 演唱会了。可惜，舅舅桃花运不旺。女人喜欢跟他说笑，听他拉琴，叫他帮忙，却没人愿意嫁给他。

舅舅第一次相亲便开局不利。厂领导给他介绍了一位小学老师，还送给他两张工人文化宫的电影票。在长辈的建议下，舅舅穿深蓝色的工作裤，郑重其事地配上姥爷的厚垫肩灰西装外套赴约。他和那个女孩见面的时候，天已经暗了，没说两句便进了影厅。影片刚开始，舅舅已汗流浃背，口干舌燥，又不好意思脱外套，便悄悄溜出去买了两根红果冰棍。回来坐定，他递给她一根，她勾着头，不搭理他。他没多想，连吃两根冰棍，浑身舒爽，很快沉浸在香港枪战片中。电影结束了，旁边的女孩起身要走，他在渐渐明朗的光线中费力地辨识着那张陌生的面孔。女孩的目光由提防转为轻蔑，扭头跟她的女伴窃窃私语，仿佛在提示她这有个小流氓。舅舅打了个激灵，掏出电影票看看，果然他少往前走了一排。而那个女老师早已不见踪影。

后来几次相亲也不顺利。妈妈给他介绍过一位护士，模样挺机灵，性格也开朗，初次见面跟舅舅逛了半天琉璃厂，又一起吃了涮羊肉，相谈甚欢，约定下周六到北海公园划船。姥姥高兴坏了，默默祈祷那天风和日丽。

终于等到约会的日子，女孩到得早，独坐在湖边的大石头上远眺。她穿碎花连衣裙，编了个麻花辫，两手在胸前悠然地捋着发梢。舅舅望着她的背影，不知动了哪根筋，蹑手蹑脚地躲在石头后面，吱吱叫了几声。女孩触电般弹起来，跺着脚惊声尖叫。舅舅赶紧冒出来安抚她，她瞪着他，咬牙切齿地骂了三遍“神经病”，转身跑了。后来，妈妈代舅舅去道歉，女孩死活不接受，在单位见到妈妈就翻白眼。妈妈批评舅舅玩笑开过头了，因为那女孩从小最怕老鼠，是一种没有缘由的骨子里的极度恐惧。姥姥更是把舅舅骂了个狗血喷头。

舅舅一直都为此纳闷：“她长得就像个小老鼠（那女孩眼睛小小的，门牙稍有点外突），怎么会害怕同类呢？”

要说舅舅感情迟钝、神经粗大吧，也不尽然。

一次山猫跟舅舅过地下通道，一个没有双臂的小伙子在墙角席地而坐，用黑黑的脚趾弹奏电子琴，饱含深情地唱着“天边飘过故乡的云，它不停的向我召唤……归来吧归来哟……”

舅舅停下来，凝神听了好一阵子，从胸口内兜里掏出两张百元大钞，丢进电子琴边锈迹斑斑的小铁罐里。山猫惊呆了，九十年代中期的蓝色“四人头”呀，可以买个最酷的日本原装变形金刚，可以全家老小去王府井麦当劳美美地搓一顿！小伙子显然也吓了一跳，他的歌声停顿了片刻，两只裸露的残臂吃力地摆动了几下，然后冲舅舅深深弯腰。

山猫抬起头，发现舅舅眼含泪水，下意识地捏了捏他的手指。舅舅拉着他匆匆走开，边用袖子抹眼睛边说，苍天呀，他的嗓音如此优美，为什么要夺去他的双手呢？对有音乐天赋的人来说，失去双手比盲人、聋子、没腿的人都要凄惨！

舅舅进入歌舞团后才遇到了初恋，是一位叫郑容容的歌手。他初次拉二胡给她伴奏，她一张口，他就傻了，从没听过那么性感的嗓音，也没见过那么奇异的眼眸。

那时舅舅有个寻呼机。山猫想要什么想去哪逛就给他留言，比如：6点南来顺见，爆肚儿、芥末墩伺候；给我买盒彩色墨水，周五美术课用；8点盛达网吧，最后的圣战！以前舅舅随呼随到，可自从有了郑容容，寻呼机好像变成了石头。

山猫气不过，有天放学直接冲到舅舅家，“砰砰”使劲捶门。门开了，郑容容探出脸来，山猫差点栽个跟头。国庆节他在文化馆见过她一次，她身着华丽的礼服，端庄地在舞台上唱《走进新时代》，嘴巴张得很圆。而此时此刻，她散披着湿漉漉的棕褐色波浪卷发，轻薄睡裙的吊带已滑下肩头，巨峰呼之欲出。她的鼻梁很高，眼眸绽放着红色的光芒，丰润的大嘴唇，有种异域之美。听舅舅说，郑容容的姥姥的父亲是个德国人，她也算八分之一的混血儿。

山猫望着自己的脚尖怯怯地问，我舅呢。

你是小猫猫吧。郑容容把他拉进屋，在他脸上重重地亲了一口。香波和薄荷混合的味道席卷了他，她的嘴唇柔软而富有弹性。小时候因为长相可爱，他常被女人们亲吻，但这次不一样，他体内触电般颤动起来，仿佛有股蓬勃的力量被她激活了。

舅舅走出洗手间，光着膀子，腰上围了条浴巾，见到山猫略显尴尬。

整个房间像是加上了一层柔光镜，弥漫着甜润的气息，床铺看起来软软的，懒懒的。这不再是单身汉的“狗窝”，也不再是他和舅舅的乐园，而是名副其实的爱巢了。爱欲并不需要很大空间，两个人能相依取暖就够了。

舅舅下厨备饭，郑容容坐在沙发上拿着小锉刀修指甲，有一搭没一搭地跟山猫聊天。无论他怎样努力让自己的谈吐和举止显得成熟，在她眼里仍是个孩子。他说，不许你再叫我小猫猫。她笑了，卷发在裸露的肩上抖动。她点起一支烟，从逐渐变大的烟圈中对他说，那我叫你大猫猫。她翘起的手指，微扬的脸颊，那高贵而慵懒的神情，让他想起黑白影片里的德裔女星马琳·黛德丽。

他们三人吃了顿西红柿炒蛋和烧茄子。舅舅望着郑容容的目光是痴迷而忧伤的，筷子在碗里捣来捣去，却不见下饭。这印证了一句话“爱情就像水痘，应该早点经历，晚几年的话它真有可能会要了你的命”。

饭后舅舅拉起心爱的紫檀二胡，在外演出他从来不用这把琴。郑容容倚在窗边唱《天涯歌女》和《知音》。

人生难得一知己，千古之音最难觅。

她声音拉得又细又长，尾音缠绵悱恻，如同失真的旧唱片。舅舅也把钢弦拉出了丝弦的拙朴之感，按指轻柔，半虚半实，低沉时像一匹老马在呜咽。他们在彼此的目光里融化了。

美人总有人惦记。歌舞团里还有几个郑容容的仰慕者，包括副团长。据说副团长曾约她去吃“老莫”，郑重其事地向她献花表白，被她一口拒绝。现在她跟舅舅好上了，副团长当然气恼，而且他本来就看不惯舅舅。

当初舅舅来团里面试的时候，拉了两首二胡曲，表演了一段口技。副团长是音乐学院民乐系科班出身，嫌舅舅拉弓的手势不规范。团长却坚持把舅舅留下，一方面是他受人之托，更重要的是他欣赏舅舅浑然天成、独抒灵性的演奏风格。可惜没过两年，团长突发心梗，进入病休状态，团里的事儿基本上由副团长掌管。

副团长让舅舅跑堂打杂，几乎不给他正儿八经的登台演出机会，还多次在会上强调，专业化的演出队伍是我团的立足之本。后来团里人事改革，舅舅被安置在社会艺术培训部，给社区的老年人教二胡，去福利院和小学表演口技。郑容容为他打抱不平，找副团长理论，他反而批评她跟舅舅卿卿我我，败坏团里风气，两人早该走一个！郑容容冷冷地说，我走。

副团长只当她在说气话，不料她说一不二，次日就开始办理辞职手续。郑容容是团里的台柱子，几位领导乱了阵脚，可谁也劝不住她。她悄悄告诉舅舅，她有个表哥在香港一家娱乐公司混，她要去碰碰运气。

舅舅被突如其来的分别弄蒙了。其实工作从没让他烦恼过，无论是在金碧辉煌的音乐厅还是简陋的小区活动室，他的演奏同样富有激情。无论听众是达官贵人还是鳏寡孤独，对他来说没什么分别，往往后者的反应更让他感动。他刚刚体会到爱情的甘美，像一朵吸满阳光的向日葵，摇曳着灿烂的笑脸，每个细胞都在欢唱。而这一切在瞬间化为泡影。他胸口闷得厉害，喊不出声，也哭不出来，只能吱吱呀呀地闷头拉二胡。郑容容说她会回来看他，而舅舅眼前是黑色的，看不到一丝希望。

没过多久，歌舞团合并改制，舅舅被裁掉了。他说那段时间得趴着睡觉，否则心脏难受极了。

郑容容去香港之后，以阿容为艺名出了几张唱片，还拍过好些影视剧，红极一时，学校门口的地摊上都在卖她的海报和贴画。山猫跟同学说，阿容以前是我舅舅的朋友，还在我们家吃过饭呢。大家笑他痴人说梦。再后来，她嫁给一位美籍珠宝大亨，自此销声匿迹。

舅舅闲来无事，用木头、塑料瓶、罐头盒、废铜烂铁自制乐器，家里成了手工作坊，到处是碎屑。山猫印象最深刻的是一把小木琴，由长短薄厚不一的木片排列而成，舅舅还给它涂上红油漆，用树枝削成两只精巧的小槌，敲击时音色清脆悦耳。有个当年跟舅舅一起下岗的工友来串门，对舅舅的手艺大加赞赏。两人一拍即合，埋头苦干，几个月便研制出音乐防盗自行车锁，还有内置二极管的小鼓，一敲就发光。

他们带着“专利”跑到天成批发市场，挨家挨户向摊主演示推销。大家看看热闹而已，没人愿意做代售。有成千上万、五光十色、物美价廉的义乌商品，谁还需要这些耗时耗力、产量又低的小物件呢？好说歹说，有位摊主留下两箱货，一个星期才卖出三把锁、两个鼓，舅舅和工友拿到五十块钱，扛回货物，吃了顿卤煮火烧。

后来舅舅用点心盒子的铁皮做成十二生肖形状的口哨，在附近的小学门口摆摊儿，大受欢迎。特别是成群结队骑飞车的男孩子，都以胸前挂着青蛇哨为荣，响亮的哨声是他们集合或宣战的信号。

一个傍晚，天边出现罕见的火烧云。忽明忽暗的云如同几条巨龙在喷火嬉戏，打翻了天堂的颜料瓶，流光溢彩。舅舅久久凝望着云霞，陷入魔幻世界，没察觉一个十来岁的小女孩悄然而至。

她弯下腰，双手扶膝，出神地望着地摊上的小物件，马尾辫垂在脸侧。

起风了，舅舅拣起两块石子压住塑料布，揉揉发酸的眼睛问："小姑娘你属什么？想要点什么？"

她小声说兔子。她的两颊被霞光映得红彤彤，白裙子染成了橘黄色。

"这还有最后一只兔子，给你。"

"我并不喜欢兔子，你有猫吗？"

舅舅有点惊奇地睁大眼睛："我是有一个小猫，很精致的造型，可是在家里。"他手忙脚乱地比画着，"我明天给你带来好吗？"

女孩仰起脸："不，我今天就要！"

看见舅舅不知所措的样子，她明媚的眸子里闪烁着一丝固执和娇嗔："我要跟你去家里拿。"

舅舅把货品收进背包，卷起塑料布，指着不远处的楼房："那就是我家，十分钟就到了。"

家里乱得简直没有立足之地。他踢开地上的纸箱子，把堆在床上的衣服卷起来塞进衣柜，腾出一小块地方让她坐下。他记得那只猫口哨放在一个饼干筒里，但是翻箱倒柜也找不到。女孩安安静静地坐在床沿上，垂着两条秀长的小腿，好奇地望着墙上的乐谱涂鸦。他抓了一大把糖果给她。她从他宽大的手掌里挑了颗果丹皮，慢慢剥开塑料纸，放进嘴里。

他用鸡毛掸子在沙发底下触到一个硬物，果然是那个饼干筒。他打开盖子，挑出那只栩栩如生的猫，用袖子擦干净。这是他最得意的一件作品，所以舍不得拿出来卖。转过头，最后一丝余晖正透过西窗，照在女孩玉白般的脸颊上，给她长长的睫毛镀上金色的光芒。

时光似乎静止，他被那种奇异的美感倾倒，单膝跪在地下，把口哨放在嘴边，吹出一个细柔的音，如同小猫在撒娇。她俯视着他，嘴角浮现出恬静的微笑。

粗暴的砸门声在瞬间毁灭了这一切。闯进来四五个人，冲在最前面的男子狠狠给了舅舅一拳，还要打，被穿警服的人拦住。那是女孩的父亲。

舅舅被拘留了两天。警察反复审问他，为什么把女孩带回家。他显然不是为了卖东西给她，因为她兜里只有两块钱。他重复一句话，想送她那只口哨。警察追问为什么不第二天把口哨送她，而非要带她回家？到家为什么不让她在门口等着，而非要让她进屋坐在床上？他无言以对。当她仰起脸问他，你有猫吗？他没法抗拒那双眼睛和她小小的心愿。云在天上烧，他的心也在烧，他心急如焚地想把那只猫送给她，单是想象着她接过它的快乐神情，他都幸福得浑身震颤。然而，没人会这样理解一个中年男子对小女孩的动机。

父母为摆平这事费了不少心思，求熟人拐着弯儿到派出所打招呼，又托医院的朋友开了一张诊断书，证明舅舅有精神障碍，还给女孩的父亲赔了笔钱，因为他不断强调女儿遭受的心理创伤将对其一生造成阴影。

舅舅从派出所回来，爸爸义正言辞地批评他，说奔四的人一天到晚不务正业，举止放任随性招致祸端，不求他给家里做一件正经事，规规矩矩不惹麻烦就是全家的福气。妈妈做了他最爱吃的糖醋排骨，他碰也不碰，只茫然若失地坐着。山猫从没见过舅舅那么凄凉的神情，黑着眼圈，嘴角浮肿，胡子拉碴，仿佛一下子苍老了十岁。

邻居小杰对山猫说你舅舅是个流氓，山猫把他揍了一顿，但是消灭不了院里的闲言碎语。总有人在舅舅背后指指戳戳。他成天垂头丧气的，再也没有发出过以前那种爽朗的笑声。山猫恨那个小女孩，是她非要跟着舅舅回家，为什么不站出来为他伸冤？他甚至想到，小女孩的父亲在利用舅舅的单纯进行讹诈。

舅舅听到他这个想法气得发抖，说不许诋毁她，她是世界上最好的女孩，她的眼睛比水晶还要纯澈。山猫说，被诋毁的是你！你看不情美丽面孔下的蛇蝎心肠。舅舅说，你没见到她，无权评论她，她是真正的缪斯。

每当提起她，他总是满怀疼惜和惆怅之情，喃喃自语，是我害了她，不知道她现在怎样了。是的，舅舅一直惦记着她，也许到死都没有释怀。

舅舅38岁那年，独自去郊外爬山，不慎落崖身亡。那几日正逢山猫高考，父母便隐瞒了他。考完最后一科英语，母亲才红着眼睛告诉他，舅舅已经下葬。

见鬼的考试，今年考不上明年可以再考，可是他唯一的舅舅啊，从此天人永隔。

母亲拿出一把精致的吉他，说这是舅舅早就给他准备好的礼物，想等考完试给他个惊喜。舅舅曾说过，坐在大学校园的草坪上弹琴是多么惬意啊！

山猫抱着吉他去了舅舅家。几步路，却感觉走了很远，街上的人和车飘飘浮浮，像一场醒不了的噩梦。山猫觉得整个事件荒谬绝伦，舅舅身姿矫健、腿脚灵便，怎么会跌落山崖？他对舅舅的死因充满质疑，而母亲说，调查人员已排除了他杀的可能性。

他习惯性地敲门，幻想舅舅跳出来给他做个鬼脸。然而，大门死气沉沉。他用钥匙打开门，微尘在昏暗的光线中翩翩起舞，屋里有股木屑的香味。桌上还剩着半块绿豆糕，齿痕犹存。

舅舅床头上方空荡荡的，只剩突兀的挂钩，他视若珍宝的紫檀小花蟒皮二胡不翼而飞。舅舅应该是带它上山了，他出门总喜欢带件乐器。可是，事发现场没有找到二胡。人都没了，谁还会在意丢失了一把琴？他宁愿相信，舅舅带走了琴，这样他在天堂就不那么孤单。

日头渐渐升高，妈妈抹去额角的汗珠，有些体力不支。莫未搀着她到旁边的凉亭里歇着，给她买了杯菊花茶。妈妈痴痴地说，我犹豫再三，还是没勇气告诉他山猫的事，不说也罢，没准他俩儿已经碰面了。

莫未独自返回墓前，压抑得喘不过气来。十年了，始终不愿相信舅舅的天赋和灵性已经泯灭。他会不会像山猫一样，灵魂也转移到另外一个躯体上，也许是垂垂老翁，也许是妙龄少女，擦肩而过却不得相认。她抱着墓碑耳语："舅舅，我是山猫，我是山猫，是山猫……"一时泪如泉涌，指尖几乎掐进岩石。把这个秘密告诉故去的人，不算泄露天机吧。终于可以卸下伪装的面具，赤裸裸地暴露灵魂，尽情地倾吐心声，让悲伤肆意流淌。生从何处来，死向何处去？舅舅的谜团尚未解开，山猫的困境又从何说起？唯有一曲诉千愁。

想当年，

你抚琴，我歌唱，

把酒言欢。

恨今朝，

你长眠，我悲叹，

曲终人散。

问苍天，

灵魂安在？

为何不曾在梦中捎来片语只言？

十年弹指一挥间。

别时容易相忘难。

▼

第八章

非洲巡演

每天早晨到了办公室，莫未会习惯性地打开山猫的邮箱扫一眼。山猫刚遇难的那段日子，邮箱积压了不少信件，有不知情的工作伙伴发来的文件，有他注册过的各类俱乐部资讯，还有陌生女孩的表白。渐渐的，邮件少了，基本只剩下广告，偶有歌迷发来情真意切的悼词，令人唏嘘。当然，不是每个人都喜欢山猫。有封匿名邮件写道：“你这可恶的自大狂，终于Game over[1] 啦，死猫在海里发臭，我仰天大笑三声！”莫未想不明白，山猫究竟把谁得罪得这么深，连死者都不能宽恕。

[1] 译：完蛋。

这天，收到一封来自非洲的信笺，华丽的花体英文，激情澎湃的措辞，是小公主Ruby写给山猫的信，抬头加了三个“亲爱的”！她说：“还记得你离开佛得角的那个夜晚，我的心成了枯叶，一触即碎。而今，枯木逢春，绿意盎然，因为我要去中国看你！”原来，10月中旬她要随父亲来京参加展会，之后去上海和西安旅行。

莫未大叫一声，抱住脑袋。邻座的劳拉白了她一眼：“发什么神经，心脏病都让你吓出来了。”

山猫曾真诚地邀请Ruby来中国玩，说好要亲自陪她登长城，去颐和园划船，看西安兵马俑，逛上海外滩。如今Ruby满心欢喜地来找他，他的承诺却已无法兑现。那么遥远的国度，也许她这一生只来一次。把噩耗告诉她，于心不忍；不回邮件，对她置之不理，亦是不忍。

莫未思忖再三，替山猫编造了一个善意的谎言：“10月我将在法兰克福布展，很遗憾无法和你会面。”附上三排心碎的表情符号。

明知道佛得角现在是深夜，莫未还是隔几分钟就下意识地看看邮箱。

Ruby仿佛守在电脑前，很快发回邮件：“你哪天回来？我可以改机票，设法在北京多停留几天。我激动得无法入睡，我一定要见你。”

莫未心中涌起甜蜜的痛楚，思绪又飘向那神秘而广袤的非洲大陆。

从佛得角飞往塞内加尔的那段旅程记忆犹新。从没坐过那么小的飞机，每排只有四人，总共也就十来排。唯一的乘务员背靠驾驶舱面向乘客端坐，那黑妞长得不错，可惜冷若冰霜，一直瞪着眼睛。飞机在上升的时候咔啦作响，遮光板也坏掉了，只能打开一条缝。云豹叹道：“想我半生风流，不会撂这儿了吧，岂不成了孤魂野鬼！”山猫说：“西非此行，死而无憾。”

说来也巧，有个政府交流项目，要挑选两名民乐演奏员、一支流行乐队和一个杂技团，组成综合艺术团到西非三国演出。本来选定京城颇有名气的树袋熊乐队，不料主唱和鼓手五一出游时遭遇车祸，伤势不轻。乐队吉他手恰好是云豹的哥们儿，力荐 Preyer 顶替任务。于是，他们得到一个面试机会。

当天大家很紧张。山猫不苟言笑，雪狼破天荒穿上了白衬衫，连恃才放旷的圣鹰也紧抿嘴唇。云豹毕恭毕敬地给考官递上彩印乐队简介和代表作品的光盘。他们拿出洪荒之力，表演了《我相信》和世界杯足球赛主题曲《生命之杯》。考官问，你们自己写歌吗？他们早有准备，当即演绎雪狼创作的《大北京》：

站在立交桥，车辆汇成河
脚步匆匆过，谁为我停留
大大的北京，小小的窝
大大的梦想，小小的我

讲述北漂初入京城的震撼和苦乐交织的奋斗历程，雄壮有力的鼓点充满正能量。

离开时，云豹在门外听到两个考官的对话。文化局领导说，还行，原本我担心年轻的乐手撑不起场子。歌舞剧院的专家笑道，小伙子们挺阳光，有野性美，跟非洲搭调儿！

云豹一口气奔下楼，抱住三个兄弟悄声说有戏。他们彼此手臂搭肩围成一个小圆圈又蹦又跳，圣鹰还来了个侧手翻。

很快他们接到正式邀请函和节目单，9 月 10 日启程！乐队不仅要演唱四首指定曲目，还要为艺术团的一位女歌手伴奏。他们开始紧锣密鼓地排练，稍有懈怠，山猫便训话："这是一次光荣的文化外交任务，咱也算文化使者啊！"时而在雪狼背上拍一把："挺拔点，你代表中国形象！"圣鹰跟雪狼耳语："幸亏他不在体制内，不然得是什么狗颠儿样啊！"

忙碌之余，山猫给如焰订了机票办好签证，让她全程随行。云豹说他"假公济私"，山猫煽情道："世界那么大，我想带她去看看。"

终于盼到出发的日子，几路人马在首都机场汇合，乘坐法航航班前往巴黎转机。艺术团加上带队领导、翻译和记者，二十来人的队伍浩浩荡荡。音乐学院民乐系的两位学生比较矜持，来自河北的老 K 率领的杂技团可热闹了，一群平均年龄十四五岁的孩子叽叽喳喳说笑不停。老 K 瞪起眼睛，他们立即鸦雀无声，躲到一个栗色卷发女人身后去。她是老 K 的助手，外号十三姑。

雪狼上了飞机独自靠窗坐下，把中间四个相连的位子留给哥仨儿和如焰。起飞已是凌晨一点，山猫和云豹毫无困意，要了杯香槟慢慢品味。云豹说好久没有这种放松的感觉了，他真想飞出地球，不再回来。他告诉山猫和圣鹰，前段时期他为情所困，这趟演出任务把他从颓靡中解救出来了。圣鹰笑他终日为情所困，一个街头擦肩而过的女人也能让他痛苦不堪。

云豹说：“这回不是街头邂逅，是朝夕相伴。”

原来，云豹的妈妈总是找不到称心的女佣。云豹有个舅舅在香港，家里常年雇着一位勤快老实的印尼女佣，让妈妈羡慕不已。听说这位印尼女佣的表妹也要出来做工，舅舅便把她介绍给了妈妈。

山猫在云豹家里见过那个姑娘。她叫瓦娜，二十岁出头，黝黑娇小，梳着一条粗粗的麻花辫，眼睛楚楚动人，见到外人就垂下眼睑，露出腼腆的笑容。山猫和云豹在沙发上聊天，她端来一碟腰果和两杯红茶放在茶几上，面冲他们向后退，出了门之后才转身疾步而去。她没有穿鞋，纤纤秀足踏在光洁的云石地板上，来去无声无息。这个情景让山猫记忆深刻。

云豹开始注意到她，也是因为她习惯赤足，而且把地板擦得一尘不染。她不懂中文，英文也不够好，总是静悄悄的，闲暇时偶尔会在自己的房间里叽叽咕咕用印尼语煲电话粥。云豹的妈妈对她大体满意，尤其赞赏她会分类清洗并熨烫高档时装，但不太喜欢她的烹饪风格，用油较多，而且偏甜。

有天云豹吃完早餐正要离席，瓦娜兴冲冲地告诉他还有甜点，稍后从厨房端出一盘煎香蕉，上面涂着金灿灿的蜂蜜和杏仁屑。云豹毫无食欲，想告诉她水果直接吃最美味，以后甭费事了。可她的大眼睛充满期待，一眨不眨地望着他。这样的眼睛，上帝也无法拒绝。他不得不拿起叉子，尝了一块。甜腻之余，还有柠檬的酸味和朗姆酒的香醇。他不知不觉吃光了盘子里的香蕉。当他再看到她，竟有几分神思恍然。她俯身收盘子时若隐若现的乳沟，擦地板时翘起的臀部，浇花时轻拭汗滴的手指，沐浴之后湿漉漉的黑发，匆匆穿过草丛的玲珑脚踝。

当他们相遇（山猫和圣鹰对此表示怀疑，觉得云豹尾随瓦娜的可能性较大）在幽暗的地下储藏室，他暗潮汹涌的欲望开出了邪恶之花。那种因缺氧而窒息的快感真是刺激。他说女人躺下之后，才能鉴别出真正的美胸。一般的女人站立尚可，脱去内衣已略显松坠，平躺就成摊鸡蛋了。而瓦娜无论以什么姿态出现，她的乳房都滚圆结实，握在手里像两只熟透的桃子。

“太他妈污了，你毁灭了我对爱情的最后一丝憧憬。”圣鹰索性戴上耳机。

如焰把头靠在山猫肩上昏昏欲睡，听到他们的诡笑便扭过脸去。

山猫终于明白，为什么那段时间云豹婉拒所有的邀约，周六排练完就开溜，不跟他们一起厮混。花园、泳池、地窖、阁楼上的晾衣房，他家里的每个角落都隐藏着爱欲。

甜蜜的日子持续了两个多月。瓦娜搭云豹的车去超市买菜。他望着她的背影，心中突然眷恋不舍，于是叫住她，带她去了一家富丽堂皇的购物中心。初次在家以外的地方相会，光线那么亮，彼此都有点拘谨。他让她随便挑件喜欢的东西。她不看服饰，也不看化妆品，乘滚梯一层层上到四楼，直奔儿童玩具城。她对着手机里的图片，在花花绿绿的货架上找到一盒幻影忍者乐高积木，眼里闪烁着胜利的喜悦，小心翼翼地问，我可以要这个吗?

见云豹满脸困惑，瓦娜便承认她有个四岁的儿子。云豹一言不发地结了账，她跟在他身后，低声说请别告诉夫人。他还买了个 Gucci 手提包送给她，她受宠若惊，连声道谢。

“你不再喜欢这个小姑娘般的妇人了？”山猫问。

云豹无从解答。他只是很扫兴，就像在饭店里面对一盘让他垂涎欲滴的佳肴，却突然被告知上错了菜。他对她的身体还有强烈冲动，但头脑坚决地对自己说不，那种分裂的感觉很难受。演出任务恰逢其时，他便搬到自己的小屋，没日没夜地排练，逃逸在音乐中。出发前他回家收拾行李，瓦娜想帮忙，他拒绝了。她给他沏了一杯荔枝红茶，他没喝，也没看她，拉着箱子匆匆出门了。

“不过瘾，但愿这不是故事的结尾。”山猫说。

云豹把香槟一饮而尽，戴上靠枕，显得疲惫而伤感。机舱的灯光暗下来，陷入一种令人昏昏欲睡的低沉轰鸣。如焰已进入梦乡。山猫开始起身游荡。他路过一排排睡姿各异的乘客，走到飞机后部的厨房区。里面坐着两个空姐在低声聊天。山猫用法语打了声招呼，她们有点惊讶，热情洋溢地回了一串话。而山猫的法语水平只限于“今晚打老虎[1]”。当然，他还会说“惹忒母[2]”。可即便是浪漫的法国女人，也不能上来就示爱呀。他摆出无敌可爱笑容，接连要了几种红酒。法航以美酒著称，他真想在十小时的飞行中尝遍所有的品种。空

[1] 意为：你们好吗？

[2] 意为：我爱你。

姐见他如此好酒，还特意给他端来一杯头等舱特供白葡萄酒。山猫小声唱起法国电影《蝴蝶》主题曲，一会儿反串小女孩稚嫩的童声提问，一会儿模仿老爷爷瓮声瓮气的回答，逗得空姐前仰后合。直到有位穿制服的壮汉走过来，板着脸命令他尽快回到座位。

雪狼随便点播了部法国电影，开头是一位半裸的妙龄少女在泳池戏水。邻座大叔频频地斜眼瞟他的屏幕，茫然地在影片目录上翻来翻去，却又不好意思问他片名。而雪狼看得漫不经心，电影演到一半还没弄清人物关系。他总是不由自主地注视着如焰的侧影。这是一个安全的角度，他坐在她的斜后方，而且有椅背上的屏幕做挡箭牌。

她要了开水和毯子，晚餐只吃水果沙拉。有一阵她揉捏太阳穴，似乎头痛。山猫和云豹窃窃私语时，她在翻免税品杂志，显得无精打采。她睡着了，毯子滑到地上，山猫竟然没察觉。更可气的是，山猫消失了很久。飞机颠簸得厉害时，雪狼捏着一把汗，生怕她被惊醒，身边又无人陪伴。

经过二十多小时的跋涉，终于在深夜抵达多哥首都洛美。山猫对这个国家的印象，仅限于某年在电视上看过某场世界杯足球赛。一群穿绿色球衣的黑人在赛场上欢快地奔腾，战术略显松散，但精力十分旺盛。一下飞机，闪光灯照个不停，大使在贵宾室热情迎接艺术团，鲜花和小国旗包围了他们。山猫活力焕发，紧跟在团长斜后方，这样就能获得更多上镜机会。

大巴载着他们驶向酒店，路上没看到高楼，也没什么汽车，一辆辆摩托车在昏黄的路灯下疾驰而过。车子进入酒店，灯火通明，花团锦簇，相衬之下院墙四周十分荒凉。大家七手八脚把杂技团的大件道具推进库房，然后到服务台领取门卡。标间自愿组合，山猫和如焰住，圣鹰跟雪狼住。云豹在车上跟老K已经混熟了，两人立在酒店门口抽烟谈笑，让服务生把箱子送到一个房间。

晨曦微吐，小焰还在安睡。山猫按捺不住激动的心情，叫起哥仨儿，沿着街道溜达到海边。天空阴沉，海水灰暗。有个赤裸上身的黑人小伙子独自淌着海水漫步，他戴着耳机，手打拍子，一脸惬意。云豹和圣鹰脱掉鞋子，踩着粗糙的砂砾，走进海里拍照。黑人主动上前跟他们合影，还做出各种夸张的舞蹈动作。云豹问他在听什么，可他讲的不是英语，也不像法语，一个词也听不懂。他摘下耳机给他们每个人听，劲爆而清脆的鼓点。雪狼听得很仔细，推测这是传统土著羊皮鼓和非洲木鱼的合奏。

离开时，黑人小伙似乎在向他们索要什么，叽里咕噜地说个不停。圣鹰说：“恐怕他在要钱，因为他跟我们照相了。”云豹翻翻口袋，向他摊开手，表示大家都没有带钱。他有点失望，仍然挂着笑容，终于说出一个他们熟悉的词“Coca-Cola”。雪狼笑着比画：“你喜欢可乐？我给你找一瓶来，你等我。”黑人似懂非懂地点点头。

酒店里有家小卖部，但是没有可乐。房间的冰箱里只有酒和果汁。雪狼在餐厅的酒水单上发现了可乐，但是中午才营业。艺术团乘大巴出发前，雪狼终于说服了餐厅经理，买到一听可乐，匆匆奔到海边。那哥们儿已经不见了，一轮橘黄色的太阳正跃出云层，照亮海面。雪狼把可乐留在沙滩上，用树枝在旁边画了一只大大的音符。

Preyer 乐队的动感组曲拉开多哥首演序幕。

中国援建的剧场金碧辉煌，楼上楼下黑压压坐满了一千五百人。虽然之前彩排过，但现场感受完全不同。山猫觉得自己很渺小，要被巨大的声浪和热烈的气息吞没。雪狼似乎也有同感，因为他一槌下去比以往任何时候都卖力，带动整个乐队爆发出潜能。非洲人天生属于节奏，鼓声一响，观众的血脉就开始贲张，脑袋和肩膀不由自主地扭动起来。那种迅速而热烈的互动胜过千言万语，跨越距离和种族，直通心灵。一股电流贯穿舞台上下，山猫的喉咙似乎集聚起上千人的力量，一声比一声豪放。

十三姑的川剧变脸也是亮点。她一招一式刚柔并济，出其不意变幻脸谱，光怪陆离。山猫最爱看的是蝙蝠型白纹脸谱，左右不对称，咧着鲜红的歪嘴笑，仿佛在嘲弄人生。乐曲高潮时，她走到台下，甩起披风，红脸关公猛然变为青面獠牙，第一排正中央的贵宾不由向后仰，赞叹中混杂着惊惧。孩子们兴趣最浓，纷纷聚到台前盯着看，一变脸就尖叫。曲终，她移去最后一张面具，露出本来面目。观众大都以为扮演者是猛汉，突然发觉竟是这等俊秀的弱女子，不由发疯了。

演出的空档，山猫站在舞台侧面观看其他节目。这是个全新的角度，可以看见演员急促起伏的胸部以及被汗水浸湿的后背。大头鱼上场前两手冰凉，跟山猫响亮击掌后勇气大增。这个 15 岁的男孩，脑袋硕大，脖子细长，故得此绰号。他头顶大碗，骑在独轮车上，两臂伸展保持平衡。伙伴给他扔一只碗，他用脚尖勾住，单脚控制车子前后轻微摆动，两臂挥舞。国内观众对这些节目早就习以为常，可在非洲，在场的人都屏息凝神，孩子们张大嘴巴，有些女孩紧张得手攥在一起。只见他轻巧地往上一踢，碗便咣当稳稳落进头上的大碗。连进三只碗，最后还踢入一把勺儿。观众狂叫不止。而山猫观看的热情渐渐变成了伤感，因为杂技是一种心酸的表演，失去童年的孩子挑战身体极限，在险境中艰难地寻找平衡，若有毫发之差则全盘皆输。比起自己在台上嚎那几嗓子，他们讨取掌声所付出的代价太大了。

听十三姑说，大头鱼是个弃儿，5 岁时被老 K 收养。他个子太高，也不够机灵，并非练杂技的好苗子，不过老 K 觉得这孩子眼宽山根高，能吃苦中苦。果不其然，大头鱼比别的孩子都用心，经常半夜偷偷爬起来练功，7 岁便能登台表演。有次他弄坏了老 K 的斗篷道具，挨了打，一气之下离家出走。老 K 发动几十个亲戚朋友苦寻三天三夜，终于在长途汽车站找到了熟睡中的他。他蓬头垢面，用黑手揉揉眼睛，说要找妈妈去，因为他听人说过小时候是被丢在车站的。老 K 老泪纵横，自那以后再没动过他一根手指头。

清晨，他们乘坐大巴北上卡拉。卡拉是仅次于洛美的第二大城市，也是多哥总统福雷的故乡。越过曲折的山脉，穿过宽广的丛林，像样儿的建筑必然是教堂。棚屋密集的地方便有集市，车子一停，三三两两的黑人头顶容器围住他们，里面盛满大饼、香蕉和手工艺品。大家纷纷下车挑拣，用乱七八糟的英语讨价还价，好不热闹。只有小焰不肯下车。山猫在窗外手舞足蹈，拿起各种小玩意儿逗她，不知道为什么，她的情绪一直不高。

山猫蹿上车硬是把她拽下来。她顶着酷暑穿长袖长裤，戴宽边帽子和墨镜。山猫笑她是个异类，她又从包里掏出口罩和手套戴上，真是武装到牙齿。山猫简直要疯了。就算怕蚊子咬出疟疾，也不至于如此娇贵。隔绝了非洲的阳光和海风，不能肆意奔跑和呐喊，旅行还有什么乐趣?

小焰慢悠悠地逛着，不由被琳琅满目的货摊吸引，买了一个穿花裙子的黑脸布娃娃，又给山猫挑了件大象图案的布衫。云豹买了一对象牙耳环，山猫凑上来问："送给瓦娜？"云豹笑而不语。这时，团里拉二胡的姑娘仰着下巴从他们身边擦过，迪奥白色宽边墨镜，吊带裙露出玲珑的肩胛骨。山猫感慨："这女生长得也不咋地，可年轻就是诱人。"云豹酸溜溜地说:"年轻就可以无视奔三的大叔吗？谁没年轻过？"旅行第三天，他基本上跟全团都混熟了，唯独没跟这个姑娘搭过话，她总是一副神圣不可侵犯的样子。山猫说："人家科班出身，不把摇滚乐队放在眼里。"云豹说："我拉琴的时候，她还穿开裆裤呢。"山猫笑道："成天跟我们这群痞子瞎混，我都忘了你是专业人士。"

雪狼循着鼓声而去，见年轻的摊主赤着上身，无忧无虑地坐在阳光下打鼓，身后堆着大大小小形状各异的鼓。雪狼搬来木凳坐在他对面，将一只沙漏形的羊皮鼓置于两腿间，时而轻弹鼓皮如行云流水，时而猛烈敲击如大江奔腾。摊主遇到知音，嘴咧得像个瓢，扭肩晃腰，打得更起劲儿了。两人心血来潮开始"斗鼓"，雪狼扮演一匹饥肠辘辘的野狼下山偷食，摊主则是围追堵截的机敏猎人。猎杀惊动狼群，遍野哀嗥，万鸟惊飞。猎人带着大队人马与狼群殊死搏斗，蹄声如雷，刀枪嘶鸣。围观者呐喊助威，摊主的黑色手背和白色掌心闪电般切换，汗珠雨点般甩落在地。就在节奏激烈到心脏似乎难以承受的时刻，摊主跳到半空一声尖叫，双手在头顶虔诚合十，这才偃旗息鼓。几个观众向雪狼吹口哨，大概是惊讶于一个异国来客能把他们的民族乐器演绎得炉火纯青。雪狼相中了这只热气腾腾的大鼓，可它足足半人高，担心带不上飞机，便挑了小一号的，音质也算浑厚，鼓身绘有神秘的几何图形，还镶着色彩斑斓的串珠和贝壳。

车子出发前，那位摊主突然跑过来拍打窗户，手里挥舞着一条布口袋。雪狼还以为他后悔这笔生意，连忙拉着翻译下车交谈，不料他是想把他奶奶缝的鼓套送给雪狼，还说："我用最低的价格把最好的鼓卖给你，但我很高兴，因为你是个真正的鼓手。"雪狼摸摸兜，找出仅有的一盒清凉油送给他，他拧开盖子闻了闻，如获至宝。

夜晚抵达卡拉，骨头都要颠散了。山猫在半睡半醒中闻到一股薄荷清香，只见二胡姑娘从前排站起身，嘴里咬着一枚发卡，用纤细的手指梳理秀发。

他故意大声跟云豹聊天："以前你在交响乐团的时候，来过非洲吗？"

云豹说："去过东非，欧美去的多，离开乐团之前还接了个大活儿，一口气在美国十六个州巡演二十多场。奏《大地安魂曲》的时候，我感觉手臂都不是自己的，灵魂已经飞升了。”

二胡姑娘似乎回头看了一眼，云豹趁机帮她把旅行包从货架取下来。

酒店在一个小山坡上，外观尚可，里面破败不堪，只有大厅亮着灯，房间断电断水，蚊虫乱飞。山猫和云豹想找个酒吧喝两杯，在周边转了好几圈也没找到，便跳到酒店泳池里戏水。如焰劝他不要在非洲游泳，怕感染病毒。山猫哪里肯听，天那么热，他只要看见水就会毫不犹豫地扑进去。如焰在岸边气得跺脚，云豹笑道，你放心吧，山猫是百毒之王，连蛇咬了他都会一命呜呼。

杂技团的演员也接二连三地跳下水，灵活得像泥鳅，偷袭一下他们之后就溜走，留下一串脆笑。山猫和云豹两面夹击抓住一个小姑娘，她在水里翻个跟头滑溜溜地逃脱了，水花溅了他们一脸。

女歌手扭着胯从岸边走过。大家叫她下来，她矜持地摆摆手。大头鱼从水里一跃而起，把她拽进泳池。她胡乱扑腾，吱哇尖叫。山猫把她救起，拉着她的手淌到浅水区。月色正浓，水滴从她的鼻尖上滚落。他有点想吻她，可她羞涩地垂下眼睑，撩动波光粼粼的水面，全然没有在台上跟他跳贴面舞的那份火辣。山猫觉得很有趣，秘密情人往往在公共场合保持距离，而他和她在观众面前扮演热烈的情人，私底下却清清白白。她与他交心长谈，讲她在歌厅打工的酸甜苦辣，讲她有个比自己大二十岁的男朋友，不知如何让父母接受。她说与他萍水相逢，后会无期，会把每一次跟他同台高歌当做绝唱。

越是偏僻的地区，一场演出带来的轰动效应越大。远道而来的中国艺术团引发了小镇上盛大的狂欢。人们盛装拥入闲置许久的剧场，孩子们兴高采烈地盘腿坐在地板上。他们不富裕，可绝不土气，绚丽多彩的民族服饰令人目不暇接。

座位其实是多余的，因为演出的时候观众全都站着，而且从头喊到尾。节目顺序也无所谓，无论歌舞、民乐还是杂技，都是高潮。二胡姑娘拉《赛马》气势如虹，观众争相模仿战马的嘶鸣。唢呐这种乐器他们竟然也能心领神会。主持人故意不报曲名，让几位观众上台随乐起舞。乐手吹了首《打枣》，他们真做出了采摘果子的动作。老K和十三姑表演魔术《五花大绑》，从台下找了位强壮的黑哥，让他用麻绳把十三姑结结实实地捆绑起来。老K用一块绸子在十三姑身上挥了几下再移开，她的红色外套跟他的黑色西装神奇互换了，而绳子依然完好无损地捆着她！观众都疯了，黑哥的眼睛瞪得比铜铃还大。

演出结束，无人离开，还齐唰唰地站着。乐队也舍不得退场，前奏一响，观众便拍手呐喊，欢快扭动。火烧的狂热停不下来，山猫想一直唱下去，唱到啼血。足足加演了七首曲子，包括四首计划外的原创曲目，相当于玩了场午夜极限摇滚。只消一个眼神，一个手势，乐队四人便知如何串烧下首曲目。虽是临时起意，却配合得天衣无缝。欢乐到极致便是难以名状的悲伤。圣鹰拨出一个音符，云豹指尖的旋律就跟上来了，雪狼配以无限温柔的鼓点。山猫开唱：

We are the world

We are the world

We are the child

We are the ones who make a brighter day

……[1]

只有这首歌能为这样壮丽的场面收尾，也只有这首歌能尽情抒发地球两端的人们渴望拥抱彼此的冲动。许多观众挥舞着手臂，许多孩子涌上台，跟着山猫一起唱。圣鹰热泪奔流，跪在舞台

---

[1] 译文：

天下一家

四海是一家

四海皆兄弟

我们一起创造更美好的明天

……

上弹贝斯，向天堂里的偶像致敬，也向天真而热情的非洲观众献礼。

散场后，大批“粉丝”围在后台更衣室，跟演员们要签名，要电话，求合影，求拥抱。艺术团好不容易突出重围上了车，许多人跟着巴士奔跑。女歌手把脸贴在玻璃上一个劲儿向外挥手，热泪盈眶：“打拼了半辈子，在西非才算是红了。”她比想象中还要“红”。到达酒店，痴心的粉丝早已聚集在大门口欢呼。

一直闹腾到凌晨，大厅才逐渐安静下来。

山猫进了屋，伸手不见五指，只觉闷热难耐。他掏出手机照明，发现小焰对着发霉的毯子和破旧的蚊帐，独坐在床边抽泣。也难为她了，不敢外出，不能洗澡，没有空调，也没有 WIFI。山猫搂着她哄了几句，说这已经是当地最好的旅馆了，又问她有没有可吃的东西，杂技团的孩子们因为排练错过了晚餐。

小焰接过他递的纸巾，擦擦脸，又闷坐了一阵，起身打开立在墙角的皮箱，借着门缝透过的微弱光线，翻出几袋方便面和一包饼干。山猫在她脸颊上响亮一吻，捧着食物奔出去了。

饥肠辘辘孩子们见到从天而降的“佳肴”，欢呼起来。十三姑从楼下打来一壶开水，从道具箱里摸出两只碗泡上方便面。大头鱼迫不及待地拿小塑料叉子挑出一缕面，半生不熟地吞了。孩子们纷纷凑过来，也不怕烫，轮流哧溜哧溜地吸着面条。

只有梅香独自坐在暗处梳头，倦意似乎压住了食欲。她16岁半，举止却十分沉稳，仿佛从童年一下子就跨入了成年。据说她7岁时不堪继父虐待，躲进邻村老K的大杂院。继父几次提着棒子来寻她，老K实在看不过眼，拿出五百块钱把他打发走了。她练杂技起步比别的孩子晚，但资质特别好，身体软得像弹簧，很快就成了团里的台柱子。这次巡演有个节目是叠罗汉，梅香轻巧地攀上顶端，两手支在姐妹的头顶，稳稳地倒立，粉色的裙摆形成一朵莲花，穿着白色长筒袜的双腿宛如花蕊。伴着轻柔的音乐，她不断变幻高难度的姿势，纤细的手臂微微发颤。最终，她仰起脸，向后蜷腰，两腿从耳侧弯下来，脚尖合并在下颌，玲珑的身体最大限度地曲折成倒三角，像是一种残酷的行礼。在强灯的聚焦下，她背部的透明纱衣露出累累伤痕。每到这时山猫便不忍心再看，如果她的亲妈在场大概也会落泪。人从娘胎里出来之后应是不断舒展的过程，可她竟为生计所迫反向扭曲，就像一个变形的胎儿。

山猫走近她，趁人不备，把仅有的一块巧克力塞进她的口袋。她扬眉一笑，犹如寒梅雪中吐芬芳。

门口传来一声咳嗽，孩子们慌忙丢下碗筷，排成一队。老K背着手踱进来，看不清他的脸，但是能感觉到暴风雨来临前的气息。山猫知趣地走了，隔着门听到老 K 怒气冲冲地地训斥团员，什么草帽扔歪了差点没接住，抖空竹翻跟头时掉了一次木轴，千手观音队形有点散……山猫觉得他太过苛刻，因为那些瑕疵并没有降低观众的热情，反而让杂技显得更加惊心动魄。

回到房间，山猫在床上干躺了两小时，仍依稀听见楼下传来斥责声。老 K 的歇斯底里印证了一个冰冷的事实：民营艺术团不豁出性命，就没有出路。

在这趟旅行之前，山猫自诩见多识广，却从未注意过世界上有个国家叫佛得角。他听过“赤脚女歌王”埃弗拉的歌，却不知道这位喜欢穿绿衣服声音沙哑的女人出生于此地。在葡萄牙语中，佛得角意为“翠绿的角落”。山猫能够想象，1450 年，当两个葡萄牙航海家在碧波荡漾的北大西洋发现这群火山岛的惊讶之情。山峦焦黄起伏，峡谷纵横崎岖，海边峭壁耸立，而苍劲的野草在岩石缝隙中顽强生长，低矮的灌木丛开满娇艳的花朵，雨后更显得生机勃勃。

山猫大步走在首都普拉亚宽阔明朗的街道上。金光闪闪的屋顶，扭转造型的圆柱，雕饰精美的圆形窗户，各种关于海洋和船舶的符号，浓烈的葡萄牙式建筑风格。地势高低起伏，不少房子依山而建，台阶被刷成五颜六色，远看以为是一道彩虹从天而降。市容整洁，治安良好，居民以混血儿为主，肤色也不算黑，使得这片世外桃源在非洲脱颖而出。据说这里的蚊子不传播疟疾，神经高度紧张的如焰终于脱下长衣长裤，换上飘逸的裙装，坦然地逛街。

老K叼着烟，与山猫并排而行。迎面走来一个男人，拦住老K，指指他的烟。老K愣了片刻，会意地掏出一支烟递给他，还用打火机帮他点着。那人摘下帽子给老K行了个礼，心满意足地去了。他显然不是乞丐，虽上了年纪，但衣冠楚楚，理直气壮。

"想要就要，多么纯粹而质朴的人际关系。"山猫感慨，"有时我希望有个真正的男人跳出来对我说，我爱你的女人，我们决斗吧！可惜，那些怂包只是躲在阴暗的角落窥视她。"

"我爱你的绝色女友，我们决斗吧！"老K抽过街边小摊上的手杖，在胸前背后飞速旋转，金箍棒般耍弄一番，顶住山猫的脖子，惹得路人围观哄笑。

如焰沉下脸，拨开人群疾步而去。

山猫追到一家饰品店，捉住了她的手。她挣脱不开，把脸扭向一边。这几天她很反常，一点儿小事就起急，连玩笑都开不得。两人就像一道S形曲线，他的情绪始终处于波峰，而她陷在波谷。他挑了一条蜘蛛网造型的木雕项链给她戴上，她揶揄道："还是送给女歌手吧，跟她的皮裙很搭调。给脖子修长气质古雅的二胡姑娘也行。要么给梅香吧，映衬她的黑肤色。”

山猫笑道：“原来你还在生早上的气。”今天如焰起得早，先去自助餐厅占了个情侣雅座。等了半小时，山猫和杂技团的几个女孩一起下了电梯，直奔花园拍照，拍完就坐到户外的圆桌去了。云豹和二胡姑娘也加入了他们。只剩下一个座位，山猫招呼如焰过来，她不动窝儿，说已经吃过。女歌手没看出她在怄气，端着一盘沙拉坐到山猫身边去了。如焰索性饿着肚子回到房间。

山猫说：“这不是蜜月之旅，We are a team[1]，相聚不容易，要彼此照顾。”

如焰说：“你就像贾宝玉，天下的女子都想疼，所有的缘分都珍惜。”

山猫说：“你只看到他的多情，没看到专情的一面。”

如焰说：“有他发痴的工夫，林妹妹已经咳血归天了。”

在大使官邸的庆功招待会上，有位部长带着女儿来了，在众多贵宾中格外显眼。她穿简洁的白色晚礼服，巧克力肌肤绽放着青春的光泽，茂密的棕红色鬈发上别着一只小熊发卡。她只有16岁半，脸蛋还有点婴儿肥，而胸部已经发育得很丰满了。女童的天真、少女的青涩以及女人的风韵神奇地混合在一起，

---

[1] 译文：我们是一个团队。

让山猫意乱情迷。

她叫Rubina，山猫称她为Ruby。佛得角是大西洋的明珠，而她就像他心上的一颗红宝石。

雪狼的鼓没搬来，云豹和圣鹰抱着吉他即兴给大家弹了几首曲子。演奏毛阿敏老歌《思念》的时候，部长在跟别的客人聊天，Ruby独自端着一杯橙汁靠在柱子上，听得十分入神。山猫凑到她身边，用英文给她讲述歌词大意：

你从哪里来，我的朋友，好像一只蝴蝶飞进我的心窝。

他故意把窗口翻译成心窝，她发出一声轻叹，随即脸颊微微发红了。

为何你一去便无消息，只把思念积压在我心头。难道你要匆匆离去，又把聚会当作一次分手。

当他说完最后一句，她长卷的睫毛似乎在颤动。

几位佛得角乐手也登台助兴。他们的乐曲欢快蓬勃，混合了非洲、葡萄牙、巴西和加勒比海地区的元素，让人感到强劲的海风拂面而来。

据说在佛得角，三个人中就有两个会弹吉他。那是何等悠闲和浪漫！云豹甚至想在这买幢房子，晚年就坐在海边弹琴唱歌。

吃饭的时候，山猫的目光有意无意地搜寻 Ruby，她也会隔着人群，向他投来热切的一瞥。他心跳得很温柔，就像回到学生时代，在老师的眼皮底下跟喜欢的女孩眉目传情。

甜品还没上，部长提前离席了。Ruby 跟在父亲身后，与艺术团一一道别。山猫恍惚地握住她柔软的小手，想到从此难以相见，顿觉生活苍白无趣。她眼睛瞅着别处，在他手心留下小小的信物，然后匆匆离去，就像灰姑娘到了午夜急着从舞会上逃走。

山猫走进洗手间，展开手掌，一枚糖纸折成了蝴蝶的形状，蓝色的字迹若隐若现。他的世界瞬间由冬转春，心也像蝴蝶般随她飞去了。

回到宾馆，他本想等小焰入睡再赴约，可她一直看电视，毫无睡意。他便胡乱找个理由出门了，按照 Ruby 留的地址来到了一个山坡脚下的花园。美人蕉在黑夜中尽情地吐露芬芳，伸展着翅膀的天使石雕向他垂下爱怜的目光。

没过多久 Ruby 就来了。她换了一条鹅黄色的蓬蓬裙，看起来更像个公主。她确实是从“城堡”里逃出来的。她告诉父母要去闺蜜家住一晚，然后在闺蜜的掩护下，偷偷来赴约。她说前天晚上看了艺术团的整场演出，当时就被他的歌声迷住了，很想认识他。可是演出结束后，她不得不随父亲回家。她以为再也见不到他了，心里特别难过，没想到今晚又相遇了。

山猫问她是不是也喜欢唱歌，想听她唱一首。

Ruby 说：“我不敢在歌手面前唱歌。”

山猫说：“你嗓音很好听，歌声肯定也美。别把我当歌手，我是你的一只猫。”

Ruby 看看四周，又仰头望着月亮，似乎想从中汲取勇气。她抿抿嘴唇，开始用细小的声音唱一首葡萄牙语歌，节奏急促，呼吸也因为紧张而不匀称。唱完，她告诉他，这是本地流传很久的民谣，歌词大意是：

妈妈说，不要太晚回家，
不要跟陌生人搭话。
可是这个姑娘呀，
逛完集市磨磨蹭蹭不回家，
路上遇见他。
她相信了他的鬼话，
为他解开了发卡。
如今怀里的娃娃没有爸，
眼泪哗啦啦，
全镇的人都笑她，

因为她不听妈妈话。

山猫笑问 Ruby：“那你为什么不听妈妈的话？”

没等看清她的表情，她已经把脸埋进他怀里了。天上的星星似乎都飞下来，围着他们旋转。他久久地拥着她，没有掺杂多少情欲，而是深切的珍惜感。他初次领略到，疼与爱不同。疼一个女孩，不思忖占有，而是想给予她最美好的一切。

她仰起脸，闭着眼睛，无言地索求。他郑重地在她额头上吻了一下。她仍闭着眼。他轻吻了她的两颊。她睁开比星星还亮的眼睛，忽然踮起脚尖，攀住他的脖子，啄了他的嘴唇。山猫在儿时曾揪过一串红，吮吸花瓣尾部的甘露，似乎就是这种味道。

深夜，山猫走回宾馆，爬楼梯上到四楼，在拐角处跟云豹撞了个满怀。

山猫质问：“你不是住二楼嘛，鬼鬼祟祟跑这干吗？”

云豹笑道：“贼喊抓贼，我还没审你呢，半夜三更哪儿浪去了？”

原来，云豹刚才跟二胡姑娘在楼顶的花园里幽会了。山猫嫉妒得牙痒痒，给了他一拳：“这么快就骗到手了？”

云豹说：“箭在弦上，没忍心发，把她放了。她没交过男朋友，所有的闲暇时间都献给二胡了，最大的梦想就是毕业以后进入国家级民乐团。”

山猫说：“过了这村儿可没这店儿了。我们在非洲，在流浪，在歌唱，发生什么浪漫的事儿都不奇怪。当飞机离开这片土地，她保准会像蛤蜊一样闭合起来。”

云豹说：“进攻新大陆的欲望是很强烈，但之后往往是去留不定、心烦意乱的感觉。还是算了吧。”

山猫说：“王尔德说过，能抵挡的，不是真正的诱惑。说明她不是你的菜，也许你还想着瓦娜。”

云豹摇头：“也不是，条件也不行，连个单间都没有。不想让她以后回忆起第一次，只有冰凉的石板和夜风。”

山猫诡笑:“真是体贴入微,你究竟是变好了,还是老了？”

任凭云豹软磨硬泡，山猫对刚才的行踪守口如瓶。与Ruby幽会的情景，已成为他内心深处的秘密和宝藏，任何言语描述都是一种亵渎。

山猫打开房门，洗手间还亮着灯。他以为如焰怕黑特意留了灯，蹑手蹑脚地走过去，发现她并没有睡觉，而是伫立在镜子前，神思恍惚。第一次，他对她产生了愧疚感。他天性懂得欣赏女人，且讨女人喜欢。无论是可爱的女同学、女同事、女粉丝，还是萍水相逢的女歌手，他难免贪恋暧昧的快感。但他心里十分明确，这些感情与爱情相距甚远。小焰是她唯一的、无可比拟的爱人。

可是刚才亲吻 Ruby 的时候，他无可救药地迷失了。他深深爱上了这位美丽的异国女孩，甚至闪过与她私奔、厮守终生的念头。时间一分一秒地溜走，数万年修来的一面之缘就这样匆匆散尽。明明身在异国，可山猫有种奇怪的感觉，好像自己即将告别亲人，离家启程。就像他在次日航班上写的歌词：

I left Cape Verde with broken heart
like a bird flew away from the nest.[1]

山猫心碎了两天，又被塞内加尔迷住了。

他们在高大上的国会大厦、国民议会礼堂、国家剧院演唱，而不是酒吧和街头。当地的高级官员上台跟他们握手合影，称赞他们是文化交流的使者。早晨醒来，在酒店享用香脆的法式烤面包和热腾腾的咖啡，随手拿起当地报纸，便看到艺术团的报道。打开电视，还能重温演出盛况。所到之处，尽是欢呼。一分钱不赚的巡演，却成为山猫生命中最奔放、最骄傲、最幸

[1] 译文：
我带着一颗破碎的心离开佛得角
如同一只孤鸟飞离了爱巢。

福的体验。

清晨，山猫在去剧院排练的路上，看到一个男人坐在树下乘凉，上身赤裸，红色短裤，胸前戴着一串牛角项链。中午返回酒店，他还在那儿，嘴里叼着一片树叶。傍晚出来散步，他还在！同样悠然的姿态和惬意的神情。团长说，好吃懒做是黑人的劣根性，年轻力壮却无所事事。陪同的工作人员附和道，是啊，中资机构在这边办厂，当地雇员工作效率可低了，推小货车的雇员连推六年也不嫌烦，从不考虑学点业务换个工种，还成天喜笑颜开的。

山猫却很欣赏这种生活态度。也许在艰苦的生存环境下，乐观精神与健壮身躯同等重要，成为优胜劣汰的自然选择。那位黑哥得有多么寡淡的欲求，多么宁静的心，才能这样舒坦地坐上一天，简直进入禅境了。山猫为此写了一首歌，歌名就叫《树下》：

只要有一棵树，
我就可以守望幸福。
树干是坚实的依靠，
树叶在头顶跳舞。
从黎明坐到黄昏，
注视来来往往的脚步，

看似一无所有，

却比国王富足。

排练的空档，山猫和云豹溜出去野游，走到一个偏僻的村庄。草丛里有几只山鸡在散步，羽毛色彩斑斓，拖着长长的尾巴。云豹蹲在地上给它们拍特写，山猫猛然发现土墙边有三个女孩探出头来，大的十六七，小的六七岁，还有个中不溜。同款蓝花布裙，满头麻花辫，长相也是一个模子，尖脸大眼，就像三个俏丽的套娃。山猫赶紧夺过云豹的相机按下快门。大姐饶有兴致地望着他手里的小物件，山猫便走上前去，给她看刚拍的照片，两个妹妹也凑过来看，指着照片里的彼此，相视大笑。他想跟她们聊几句，可她们听不懂，嬉笑着跑远了。

笑声引得不少居民“出洞”。有个中年男子靠在门框上，手端一个粗糙的木瓢，正津津有味地喝着一种白色的液体。见到稀客，热情洋溢地邀他们共饮。云豹摆手婉拒，那人指着院墙外的猴面包树，急切地比画着，说个不停。山猫猜得出他的意思，这饮料是用树上的果实做的，非常美味，一定要尝尝啊！他强烈的好奇心在跟理智打架，而云豹警觉地拉着他离开了。山猫忘不了那个人失望的神情。防人之心是出于自保，拒绝冒险是因为惜命。如果当时山猫知道自己的生命将于 28 岁终结，他会痛痛快快地喝下那瓢日后多次出现在梦境中的琼浆玉液。

临近非洲之旅的尾声，山猫恨不得把一天掰成 48 小时来过，即使筋疲力尽也舍不得睡觉。他跟几个兄弟痛饮至深夜，又下海捕鱼捉蟹。暗礁凶险，海浪湍急，有几次山猫觉得身体失控了，似乎要陷入出生之前的混沌之中，钻出水面的瞬间却立即忘记了濒死的恐惧。

回到房间，山猫发现四肢被礁石划得伤痕累累，雪白的浴袍上血迹斑斑。如焰板着脸，从药箱找出酒精棉给他擦拭。尖锐的疼痛让他更加兴奋，他听见强健的心跳和汩汩流动的血脉。他狮子般扑倒她，热吻撒向她的每寸肌肤。他活着，爱着，在遥远的非洲大陆。

▼

第九章

午夜情殇

莫未越来越不爱回家了，因为属于她的空间太狭小。9平方米的卧室，挤着单人床、大衣柜、写字台和书架。抽屉和柜子里塞得严严实实，床底下堆满了杂物。她新买的吉他都没地方摆，更别提她网购了成箱的书和CD!

以前她凑合着过，总觉得自己是暂时住在这里。可日历一天天翻过去，山猫回归的可能性变得渺茫。也许她要当一辈子莫未，意味着她将无限期蜗居在此。

她开始拖延下班的时间。当办公室里就剩她一个人，显得明亮又宽敞。她冲杯咖啡，放开音乐，舒舒服服地靠着椅背，还把脚搭在劳拉的椅子上。等夜幕降临，落地窗外灯火阑珊，她才溜溜达达往回走，地铁也不那么挤了。

这天莫未胃口很好，傍晚走了三条街去吃正宗法式牛排，回到公司已经快9点了。她掏出门卡开门，绿灯亮了，把手却转不动，似乎被反锁了。她敏锐察觉里面有轻微响动，便兔子般溜走，躲进斜对面的复印室。过了一会儿，她从复印机与墙壁的缝隙中看到有人走出办公室，靛青麻料长裤和缀满水钻的红色高跟鞋——劳拉的标配。劳拉点着脚尖慢慢移步，在复印室和开水间门口停留了片刻，似乎在侦察，然后向卫生间走去。稍后，门又开了，出现一双男士的腿，黑西裤，ECCO皮鞋，匆匆消失在楼道间。

财务部是清一色女将，竟然冒出了男人。莫未双腿蹲得发麻，大气也不敢出。她无意中捕捉到罗拉的办公室恋情，可惜没能辨识那个男人的身份。罗拉慢慢走回来，又在办公室待了会儿，乘电梯离开了。莫未站起身，往相反方向迅速走到写字楼B座，钻进货运电梯下了楼。她从公司的侧门走出来，穿过小花园，回头一望，11层还有灯亮着。没错，就是财务办公室，窗前有盆吊篮垂下长长的花蔓。刚才明明看到劳拉关灯锁门，真是见鬼了。

莫未急不可耐地拨通小开的电话，把刚才的情景描述给她。两人开始猜测劳拉的情人到底是谁。小开最先排除的就是凯文，因为他看起来很有品位，而且身边有个貌美如花的女助理。莫未想到了经常来财务部耍贫的策划部主管，以及劳拉夸奖过的行政部小帅哥。看谁都有可能，看谁又都不像。

小开说 ：“劳拉真够狡猾的，还杀个回马枪，想逮住入侵者。”

莫未说：“楼上就是设计部，常有人通宵达旦加班，她在哪儿约炮不行啊，非得在办公室玩火。”

小开说：“玩的就是刺激。有一类男人，在高危地点才能找到感觉。你跟他开个房洗净了躺平了，他反倒不行了。”

莫未不以为然：“那算什么男人，真正的男人金枪不倒，何时何地都不会让女人失望。”

小开笑道：“那种男人只存在于幻想里。”

莫未沉默了，山猫似乎渐渐变成了她的幻想。或许她本来就是莫未，山猫只是她苍白人生中的一个美梦。这个念头让她不寒而栗。

在小屋快要挤爆时，莫未的忍耐也到极限了，找来一只超大纸箱立在门口，开始疯狂清理。她拉出床底下的储物箱，扔掉成堆的毛绒玩具、书包、校服和球鞋。这女孩是有多怀旧呀，连儿时的贴画本都留着，发黄的美少女战士和新白娘子背面的胶力失效了，歪歪斜斜地掉落在地。她打开衣柜，把黯淡过时的衣服毫不留情地扒下来，丢进大纸箱。抽屉里的八音盒、药瓶、复读机、毛笔、折扇、不明充电器、眼镜盒统统扔掉。当她拿起一枚褪色的紫发卡时，发现上面竟然卷着根细长的发丝，不禁怅然。这逼仄的空间藏着一个女孩成长的秘密。她遗留在世间的痕迹正在消退。没有人知道她爱过谁恨过谁、她的梦想是什么。

灵魂的消亡是真正的毁灭。

妈妈站在屋子门口，端着一盘削成小块的火龙果劝她休息。她在兴致勃勃地清理书柜，噼哩啪啦扔掉成套的青春文学、言情小说和女性杂志。妈妈犹豫不安地望着满地狼藉，不时从那只大箱子里偷偷拣出几件物品收起来。

莫未腾出手，拿牙签扎了块水果丢进嘴里："爸呢？我有事跟你们说。"

妈妈赶紧把正在厨房洗菜的爸爸叫过来，两人望着她的表情有些紧张。

"放松点嘛，我们家一直像是绷着根弦。"莫未从公文包里掏出一个信封递给爸爸，"我给你们预定了巴厘岛四日游，月底出发——庆祝珍珠婚！"

爸爸掏出信封里的机票订单和行程单，满脸惊讶。妈妈凑过去看，羞涩地笑道："瞎花钱，老夫老妻的，庆祝什么呀。"

莫未说："这是我参加公司歌唱比赛的奖品，一分钱没花。"

妈妈说：“又蒙我，从小你最怕音乐课了，一张口就跑调。”

“巴厘岛是在泰国吗？我们语言不通啊，到了那边都找不着北。”父亲已经在为旅行细节担忧了。

“我送你们上飞机，安排中文导游到机场接应，酒店一日三餐全包，尽情享受海边美景，什么都不用担心。”莫未突然想起一个问题，“你们有护照吗？”

父母茫然地摇摇头。

上网预约好办理护照的日期，莫未继续埋头苦干。她踩着椅子，从书柜顶层取下来一副沾满灰尘的网球拍，挥舞了几下。虽不是名牌，手感尚可，总算有物件能派上用场了。顶层还摆着几支孔雀羽毛和一只大海螺。她把海螺举到耳边听听，并没有海的声音，转眼发现下面压着一个牛皮纸信封。说不定这姑娘还藏着些钞票。她拆开信封，掏出五个写满的笔记本。其中一本的扉页上有娟秀的钢笔字：

人生那么短，而我为你伤心了好久。

“好久”两个字有水浸的印痕，也许是泪滴曾落在纸上。

莫未抱着笔记本窝到床上，双手合十，默念道：“姑娘，为了更好地完成你的人生，我有必要了解你的过去。天知地知，你知我知。我阅后即焚。”蓦然，一阵风吹响了窗前的风铃。

她像是吃了定心丸，虔诚地翻开笔记本。前四本都是对话记录，日期从十年前的 11 月开始，应该是大学时代。

M：退烧了吗？现在多少度？

X：不烧了。（肯定还低烧，我能感觉到你有气无力）

M：在干吗？少写东西，多睡觉。

X：洗衣服。（病了还逞能？）

M：不要碰凉水！下午我帮你洗。

X：快洗完啦。（骗人）

M：中午我去买饭，你想吃什么？

X：不用了，我才吃过早饭。（唉，什么时候才能学会照顾自己？）

M：不饿也要按时吃饭，我给你打点粥。

X：谢谢。（讨厌鬼，竟然跟我客气起来了）

原来这傻姑娘抄下了她和恋人之间所有的短信！ M 代表莫末，X 应该代表那个男人。晚自习、打开水、食堂约饭、看电影、考试……庸常零碎。

笔记不是简单的信息复制，她把聊天过程中自己的感受写在了括号里。仔细研究，可以发现一个规律，大部分对话由她发起，以她结束。她絮絮叨叨，而他惜字如金。莫未由此推断，她被甩是必然的。看下面这段，已经嗅到悲伤的气息了。

X：生日快乐！

M：（我从凌晨就开始等你的信息，一直等到上午10点半。在你之前，已经有五个朋友给我发过祝福了。你的信息是最简短、最普通、最不过大脑的，何况你还是以浪漫著称的校园诗人。）

你突然拉住了我。宽大粗糙的手完全裹住我冰冷的小手，神秘莫测的掌纹将我们的命运捆绑在一起。我们绕着操场一圈圈走，谁也不好意思说话。天已经很冷了，你握着我的手塞进你的外衣口袋。口袋下面有条粗粝的拉锁，正好硌到我的手腕，生疼。可我不敢动，我怕你松开我的手，我的人生就此分为两个阶段，前半段我踽踽独行，后半段与你携手同行。哪怕前方荆棘密布，我也绝不放手。

最后一个本子里都是日记。这是第一篇，写于十年前的深秋，推算那时候她大一，男友是她师兄，都在经管系。莫未迫不及待翻到最后一页，就像读小说一样对结局好奇。

采摘完毕，我没坐大巴回公司，而是提着篮子直奔你家，想让你尝尝最新鲜的樱桃。

从开门的那一刻，我就感觉到你的窘迫。你不接我递给你的大樱桃，目光游移。你说：“请不要再对我好了。”

彼时你对我的感情已经淡漠了，只是没有说出那两个刺心的字。我们偶尔还会一起吃饭聊天。有什么好吃的好玩的，我都第一时间想到你，就跟以前一样。只要你允许我对你好，我就能维持卑贱的幸福感。说实话，我心里还残存着希望，或许无微不至的关怀可以唤回你的一丝旧情。

你说你爱上了别人，已经把心完整地交给了她，无法再接受我的关怀。

惊天霹雳粉碎了我。从 18 岁到 26 岁，我人生最美好的时光跟你在一起。现在你把心完整地交给别人了，百分之一都没给我留，连回忆的空间都没有。

那个瞬间，我有个疯狂的念头，我宁可你死去，这样你就不能阻止我继续爱你，我可以随时去你的墓碑献上鲜花和热吻。

长久的沉默是酷刑。可我不敢转身，不敢出门，我怕门一关上，我就再没理由找你，你我就永别了，我该怎么面对这无穷无尽的空虚？

我自取其辱地问，你也像爱她那样爱过我吗？

你的表情很痛苦。你说不一样。你说我给你的感觉很温暖，谢谢我这么多年持之以恒的付出，甚至比你妈妈对你还要好。

总结加致谢。我们的故事就这样结束了。

你把我送到电梯口，安慰我说如果以后遇到什么困难，还可以找你，只要你能做到，就会全力以赴。

我独自在电梯里下坠，坠入十八层地狱。我没有告诉你，我的困难就是，我找不到活着的乐趣了。

终于寻到了这姑娘投海自尽的症结。为情所困，生无所欢，死无所惧。莫未捶胸顿足，哀其不幸，怒其不争，真想把那个男人揪过来暴揍一顿。睡了一个姑娘八年，说变就变了，榨干剩余价值就一脚踹开。

莫未把笔记本摔在床头柜上，望着镜子里紫胀的脸，心想，姑娘你忒不了解男人了，长成这样就不要奢望得到真爱，你是自力更生、自娱自乐的命啊。有给别人献殷勤的工夫，还不如对自己好点。

云豹给莫未打来电话，说这周六停课一次，因为他要接待远道而来的朋友。莫未问他是不是外国人，他说是。又问他是不是女孩，他嗯了一声。莫未已经猜到八分。Ruby 找不到山猫，肯定会跟云豹联系，因为当时云豹在招待会上给她留了张名片。

莫未说：“秋高气爽，我也正想逛逛，建议你携我同行。首先，两人接待一人，充分显示对外宾的重视。其次，有个跟班跑前跑后照应，你也有面儿。第三，我口语不错，以前当过英文导游，接待外宾经验丰富。第四，孤男寡女容易冷场，我可以帮你们调节气氛。第五，我可以衬托她的美貌，让她心情愉悦。再者，我有公园年票，几乎不增加你的接待成本。”

云豹说：“我好像没有什么理由拒绝你。且不说你当没当过导游，我觉得你适合做推销员。”

深秋一个难得的好天气，碧空如洗，阳光通透，气温回升了近十度，让人有春天般的梦幻之感。云豹和莫未在丽晶酒店门口迎来了光彩四射的 Ruby。两年不见，她不再是那个带点婴儿肥的小姑娘了，白色修身 T 恤和锥形牛仔裤勾勒出迷人的曲线，白色发带高高束起浓密的卷发，脸部线条也更加紧致靓丽。她跟云豹热情相拥。莫未也很想抱她，不过 Ruby 只是礼节性地跟她握了个手。更郁闷的是，她比莫未高大半头。

云豹拉开车门，请 Ruby 上他的白色宝马。Ruby 附身向车内看看，又四处张望一番，眼神暗淡下来。一路上，Ruby 歪在靠背上望着窗外，莫未也不好跟她搭讪，车内逐渐形成沉默的压力。云豹调高了音乐广播的音量。

飙到颐和园，莫未捅捅 Ruby 的胳膊肘，兴致勃勃地说，下来看看中国最大的皇家园林。Ruby 回过脸，竟然泪光闪闪。莫未和云豹都慌了，连忙递上纸巾。

Ruby 说："他真的不见我。"

云豹说："山猫出差了，不骗你的。"

Ruby 说："飞机上我一眼没合，盼望他会来机场接我。去酒店的路上，我幻想他在门口等我；你们来了，我猜他会不会躲在车里给我惊喜。现在所有的梦想都破灭了。"

莫未感到心中一阵痛楚。世界上最远的距离，不是佛得角和中国相距万里，而是山猫的灵魂陪伴在她身边，而她浑然不觉。

三人并行走进西门，穿过西堤。池塘只剩残荷败叶，枯枝折挂，池边长满洁白耀眼的芦花，柔软的波浪随风翻滚。湖水比天还蓝，各式各样的游船飘然而过，两岸的柳条在阳光的照耀下泛着金色的光芒。莫未说，这就是秋天的感觉，既萧瑟，又富足。既无情，又多情。朗朗的英文从她口中流出，就像在诵读一首优美的小诗。云豹向她投来赞赏的一瞥。

既无情，又多情。Ruby 茫然地望着湖面说，就像山猫一样。

莫未举起相机，抓住了 Ruby 忧郁的侧影。她不再是山猫怀中那个无忧无虑的小姑娘了。她在一个抒情的年纪，非黑即白，热烈决绝。爱情是她的全部，哪怕只是想象中的爱情。

为了逗 Ruby 开心，云豹提议去划船。他们上了一只脚蹬鸭子船，从十七孔桥洞里徐徐穿过。在莫未的指引下，Ruby 眺望着远处的万寿山，不时把手伸进湖里，撩起清凉的水花。

云豹打趣 Ruby："当初你怎么没看上我呢？我弹得一手好琴，长得也不比山猫差嘛。"

Ruby 说："他的声音有种原始的魔力，唤醒了我体内沉睡的基因。我突然想起我是谁了。我是百万年前的一株红珊瑚，而他是一条穿梭于我枝杈间的腔棘鱼，我们那时就相爱了。"

莫未和云豹听得云里雾里，但是很陶醉。Ruby 又讲了很多稀奇古怪的梦境，都跟山猫有关。有时他变成了婴儿，有时他是教堂里的神父，还变成过一只兔子。莫未心里清楚，虽然山猫很喜欢 Ruby，但这两年并不常想起她，甜蜜的回忆稍纵即逝。难以想象，仅仅一面之缘，山猫竟然主宰着这位异国少女的梦境，占据了她那么多心思。爱情真是女人的游戏，女人的幻想，女人的宗教。

中午云豹想请 Ruby 吃大董，莫未说烤鸭太俗，提议就近去吃西贝莜面。争执不下，两人就石头剪子布。莫未轻松取胜，因为云豹还是老习惯。以前山猫总笑云豹是机器猫——只会出拳头。

进餐厅时高峰期已过，不用排号就占到了四人桌。莫未叫来服务员，碰都没碰菜单，一口气点了酸菜炒莜面、西贝面筋、石磨豆腐、功夫鱼、黄米凉糕和自制酸奶。

云豹盯着她："太惊人了，你点的跟我朋友居然完全一致。"

莫未抓起竹篮里的瓜子："英雄口味略同。"

美食端上桌，云豹和莫未抢着给Ruby夹菜。听到"Kongfu fish[1]"这道菜名，Ruby脸上闪现几分喜色："为什么叫这个名字？是鱼有功夫，还是吃了这鱼就有功夫？"

莫未告诉她："不是那个中国功夫，是费时费力的意思，这鱼得用大锅炖好几小时呢，所以香味醇厚，入口即化。"

云豹偏又多嘴："这是山猫的最爱，一人能吃光一盘，连刺都不吐。"

Ruby说："你马上给山猫打个电话。"

云豹支吾道："有时差……"

Ruby几乎是命令的口吻："我要跟他说话！"

云豹便拨打那个永远无人接听的号码，对着Ruby一遍遍放出"power off[2]"的服务音，无奈地向她摊开手掌。

Ruby放下勺子，缓缓垂下睫毛："你们不了解，我是来跟他订婚的。"

[1] 即：功夫鱼。

[2] 义为：关机状态。

云豹说："宝贝儿，你们相处了也就两小时吧？"

Ruby说："那又怎样？我吻他的那个瞬间就决定要嫁给他了。我跟父母认真商量过，他们同意我18岁以后自己做主。我的朋友也支持我。我有个老师跟日本姑娘相爱了，她为他留在了佛得角，他们很幸福。现在我已经18岁了，我拿到了葡萄牙和英国两所大学的offer。山猫喜欢哪儿，我就去哪儿读书。我在努力学中文，还在学做中国菜。如果婚后他愿意留在中国，我可以成为地道的中国媳妇。"

"靠，这浑球连未成年少女都不放过。"云豹跟莫未嘀咕了一句，语重心长地告诫Ruby，"你醒醒吧，山猫快跟他女友结婚了。你的生活刚刚开始，到大学找个帅哥谈恋爱去，别被这老男人骗了。"

那一刻，莫未真想把筷子刺进他的喉咙。

Ruby棕红色的眸子燃起焦灼的火苗："他快结婚了？我们通过几封信，他从没提过他的女友。"

云豹说："实话跟你说，没什么见鬼的出差，他是去欧洲度蜜月了。"

Ruby拍桌叫道："山猫到底在哪里？为什么不肯告诉我真相？！"惹得四面注视。

莫未握住她的手，郑重地说："Ruby，你是山猫心上的红宝石。如果可以看你一眼，他宁愿翻山越岭，赴汤蹈火。如果他没有出现，他一定有难言的痛苦和无奈。如果得知你想嫁给他，他会幸福死。可惜他没有那么大的福气。去葡萄牙好好念书吧，伦敦的阴天不适合你，你需要明媚的海浪和沙滩。伤心的时候，不要狂吃，不要喝酒，不要熬夜，也不要听信陌生人的鬼话。坐在海边吹吹风，跟朋友去度个假，回家抱抱父母，一切都会好的。你的笑声，山猫能听到。他的歌声，你也能听到。爱没有距离，爱也不会消失。就让回忆定格在天使雕像下亲吻的瞬间吧，他爱你，永远。”

Ruby 似乎没有说话的力气了，含糊地点点头，泪珠纷纷滚落，像一株尚未开放就遭到暴雨的花苞。

云豹悄声对莫未说：“你这花言巧语的劲儿也像我朋友。”

走马观花逛完故宫，天色已暗。云豹问 Ruby 要不要去秀水街淘货，她说想去看看山猫唱歌的那间酒吧，这是她在北京的最后一个心愿。

三人来到后海，在湖畔吃了顿茶马古道云南菜，然后溜达到 Black Box。平时冷清的门面竟然红火起来，不到 9 点便爆满了，里面传来梦幻的歌声。新雇的服务生把他们引到门厅的吧台边，临时加了三把椅子。还有客人陆续进入，门口已经开始排号了。

莫未大惊，这火爆程度赶上以往的圣诞狂欢夜了。舞台上到底是何方神圣?

女歌手长身细腰，银白单肩丝裙垂至脚踝，戴着冰蓝色的发套和长长的假睫毛，左眼角用亮橙油彩挑起一束火苗。没有乐队，她唯一的伙伴是个抱着电吉他单调刷弦的男孩，姿势纹丝不动，表情冷漠得像僵尸。没有和弦，没有主调复调，她嘴唇贴着麦克风，半哼半唱，含混不清的歌词夹杂着英语、法语和意大利语。音质柔美，但没有温度。她的血一定流得很慢，像即将结冰的河。莫未猜想此时此刻她的衣服被扒光了也不会睁眼，被鞭子抽打也不会惊惶，哪怕酒吧突然发生爆炸，观众都死光了她也不在乎。

这种满不在乎激怒了莫未，她无法容忍一个歌者空洞的灵魂和苍白的情绪。

whip me,

tear me,

ravage me,

kill me,

you still love me. [1]

换个情郎，就像换条床单

---

[1] 译文：鞭笞我，撕扯我，蹂躏我，杀了我，你仍爱着我。

你的婚礼，我不伤感

你的葬礼，我不哀叹

我叼着烟，换了条床单

你的气味，已经消散

别扯爱情，我只要快感。

我和你，是两棵树，

枝叶摩擦，根不交叉。

各自繁华，各自凋零。

当你被巨斧砍杀，我依旧花满枝桠。

一曲又一曲，莫未实在无法忍受，发现云豹的眼睛紧盯歌者，便问他感觉如何。云豹说："爽，就像吸了一支大麻。"

莫未说："还没有音乐让我感到如此恐惧，就像坠入了冰海。晚霞和冰川都是美丽的幻象，再听下去，四肢将变得麻木，心脏逐渐冷却，不可救药地向地狱沉沦。"

"我也听出了寒意，但没那么夸张。"云豹眼睛都不眨。

莫未又问Ruby："好听吗？"Ruby把一粒腰果喂进嘴里，点点头："旋律忧伤美丽，适合我失恋的心境。"

再看四周，大家摇头晃脑，皆是一副愚蠢而陶醉的神情。莫未困惑之极，不是这世界疯了，就是自己疯了。

几年前，山猫到新加坡办展览，闲暇时间四处游逛，走到国家体育场，被志愿者塞了张门票，混入一场规模宏大的法会。六万身着红色 T 恤的信徒如同汪洋大海吞没了他，真正的座无虚席，连过道和走廊都坐满了人，比任何演唱会都要火爆。“大师”稳坐舞台中央，口若悬河，每句话的尾声都加上一个抒情诗般的“啊”，呕心沥血地点醒世人。山猫仔细听了一段，无非是断章取义的佛法教义、东拼西凑的心灵鸡汤以及拙劣不堪的看相解命。可听众们双手合十在胸前，听到“啊”便齐刷刷报以狂烈的掌声。这也忒夸张了，连马丁·路德·金演讲 *I have a dream*[1] 都没有被这么多次掌声打断过。商贩、保姆、银行家、教师、司机、园丁、医生、保洁员、家庭主妇……这些白天为生计奔忙的人们，到了夜晚脱下工作服，换上会员衫，消除差异，融为一体，开始感受灵魂的存在。祛病消灾、祈福求财、忏悔赎罪，他们被各自的心魔折磨，找不到出路和捷径，便投靠了这位无私奉献通天通灵的领路人，以个小时现场授功，换取四十年的苦心修炼。听了不到一小时，山猫便觉得要窒息，转身向外走，而大批信徒正抱着“宝典”如饥似渴地往里涌，仿佛通过体育场的“窄门”，便可直通天堂，获得永生。

回想起那一幕，听着袅袅不断的邪音，莫未脊背发凉，如同置身于鲁迅笔下的那个场景：在失火的房间，却没人愿意逃

[1] 即《我有一个梦想》。

走，大声疾呼的人反被认为是疯子。

莫未看到杰瑞端着一篮克罗地亚啤酒侧身穿梭于桌间，便上前拉住他的胳膊，一直把他拽到大门外，冲他喊："你怎么可以选这样的驻场乐队？孤独和死亡，是他们的全部意向！"

杰瑞愣了片刻，目光渐渐变得温柔："我想起来了，你是山猫的歌迷。别人占领了他的舞台，你心里肯定很难过。可是，不能因为他的离去就关闭我们的耳朵和心灵。仔细听，琦子的声音很美，宛如天籁。"

莫未跳脚道："我们的耳朵和心灵不是用来被强奸的！"她低哑的吼声瞬间就被酒吧传出的靡靡之音淹没了。

那个邪魅的女人叫琦子。

10点半，Ruby坐不住了，说再晚父亲会担心她的。莫未让云豹先送Ruby回酒店，说自己还想逛逛街。云豹说："你还是搭我车走吧，一人儿大晚上别瞎逛了。"莫未说："你不是说过吗，我属于绝对安全型。"云豹乐了："黑灯瞎火的，你看起来也不那么惊悚了。"

莫未跟Ruby相拥告别，Ruby含泪问她："你说我还会再见到山猫吗？"莫未在心底发誓，如果有朝一日能够魂归山猫，必定要去佛得角看望这位痴情的小公主。可那只是一个遥远的梦，此别应是永别。她也流泪了。

目送云豹和 Ruby 渐渐远去，莫未裹紧风衣，从 Black Box 侧门走过，余光捕捉到一个熟悉的身影。确切说，是第六感。她停下脚步，仔细端详了一阵，确定靠在屋檐下抽烟的那个男子是剑鱼。他的脸发福了，肚子也鼓起来，倒像是一只胖头鱼。

剑鱼曾经是 Preyer 的鼓手，比山猫年长八岁，算是乐队的老大哥。他高中毕业就出来混了，送过快递，卖过光盘，开过小店，饱经风霜，尝尽苦辣，打起鼓来气势磅礴。山猫高考后的那个暑假认识了剑鱼，百分之八十的 CD 都是从他手里淘来的。剑鱼的小店隐藏在海淀图书城一家地下台球厅里，有着取之不竭的宝藏。大学有段时期，山猫几乎每天跟他泡在一起，听古典蓝调爵士灵魂电子乡村摇滚死亡金属。剑鱼是个无所不晓的发烧友，连仅仅存活过半年的某个挪威乡村乐队自制的 demo[1] 都能挖出来。而且，他会打爵士鼓，店里挂着几张他炫酷的演奏照片。山猫对他崇拜的五体投地。有天剑鱼紧急召唤山猫，说店要关了。山猫顾不得踢球扭伤的脚踝，跳下床飞奔而去。店内一片狼藉，照片也不见了，斑驳的墙壁只剩几个图钉。剑鱼漠然地指着墙角两个包装严实的大纸箱，说能搬动的话都拿去吧。山猫把身上仅有的三百块钱掏给他，咬着牙一瘸一拐地把两个死沉的大箱子拖回家，感觉整个人都虚脱了。他迫不及待地拆开箱子，用颤抖的手抚摸着近百张稀有的打口 CD，

[1] 译文：小样。

悲喜交加，热泪纵横。剑鱼消失了三年，三年里山猫几乎天天与这些光盘为伴，重燃中学时代的歌手梦想，开始尝试到酒吧驻唱。他最钟爱的女歌手是 Tanya Tucker，她那副貌似烟酒过度的乌鸦嗓，越听越醇厚，特别是唱到“We don’t have to do this, we don’t have to say goodbye[1]”情深似海却又孤独节制，如同带着伤口的微笑，将他的心掀起了层层涟漪。

在一个漫天飞雪的冬日，山猫突然接到剑鱼的电话，说他开了个小饭馆，还配了套新鼓，请他有空来搓一顿。正赶上山猫在招兵买马筹建乐队，万事俱备，只欠鼓手一枚。于是，Preyer 诞生了。只要山猫不出差，他们每周末都排练，为每个揽到手的活儿欣喜若狂。无所事事的时候，他们在地下通道和过街天桥演奏，在地铁口和长途车站高歌，快乐得像老鼠，坚韧得像蟑螂。地下乐队的寿命往往不长，山猫希望 Preyer 能维持八到十年。等大家顺利步入中年，估计激情就释放完了，愤怒也发泄光了，也许可以回归正常生活。没想到，欢乐的时光仅仅维持了 15 个月。一个普通的周六晚上，乐队四人走出 Black box，在大排档吃完烤串，各自回家。地铁还没到站，山猫收到剑鱼的短信：“这是最后一次跟你们演出，我退出乐队。”拨回电话，已是空号。山猫的脑袋像被石头砸了，脑子懵懵的，在 2 号线上环了三圈。云豹和圣鹰追溯他们排练之中

[1] 译文：我们何以至此？难道真的不得不说再见？

与剑鱼的每一次摩擦，试图找到矛盾的根源，还进行了种种推测，他犯事儿了？躲债了？进去了？被其他乐队挖走了？他们找遍了剑鱼时常出没的场所，托圈内朋友打听他的下落，而他就像泡沫蒸发得无影无踪。剑鱼喜欢戴鸭舌帽，以至于他们看到戴帽子的鼓手就会条件反射。最让山猫心寒的是，音乐能让他和剑鱼的灵魂产生那么深入的交流和共鸣，却无法让他们成为彼此信任的朋友。剑鱼是他心里过不去的坎儿。即使后来雪狼加入 Preyer，也无法填补剑鱼造成的空洞。

此时偶遇，恍如隔世。莫未走到剑鱼面前，说：“麻烦借个火。”

剑鱼从兜里摸出一只打火机给她。

莫未说：“再借支烟。”

剑鱼用贼亮的小眼睛打量着她，递上半盒龙凤双喜。莫未抽出一根叼在嘴里。

“可以顺便把我借走。”剑鱼冲她吐了个烟圈。

“我看过你们乐队的演出，在欢乐谷嘉年华。”

“哦，很久了，像是上个世纪的事儿。”

“才过去四年而已。四年发生了很多事，你离开了 Preyer，山猫死了。”

“他不该死，他前途一片光明，该死的是我。”

“听说你和山猫意见不合，所以你单飞了。”

“跟他没关系。我有崽了，结婚了，要养家糊口。音乐给你高潮，但不能给你饭吃。那些口哨和欢呼稍纵即逝，演出结束后，我得拖着沉甸甸的乐器想法儿填饱肚子，就像流浪狗在垃圾堆里寻寻觅觅。”

“你闪婚是因为搞大了别人的肚子？”

“是啊，就像吹个气球那么简单。然后嘭的一声，自由和幸福瞬间就爆炸了。”剑鱼冷笑，脸上透出人到中年的疲惫和沧桑。

谜底这么简单。莫未简直不敢相信这就是他决绝地离开乐队的原因。她问：“那你大半夜的不守着老婆孩子，杵这儿干吗？”

“摇滚跟毒品没什么两样，戒不掉的。”剑鱼发出了低沉的笑声。

这时，缭绕在耳畔的歌声不见了，Black Box夜场演出结束了，陆陆续续有人涌出。

剑鱼掐掉烟，整整衣领，挺直身子，显然是在等人。莫未佯装离去，躲在走廊的柱子后面，悄悄注视着他。客人基本散了，真空乐队的主唱琦子和吉他手从后门走出来。琦子摘掉了蓝发套，露出微微泛黄的发髻，跟舞台上判若两人，不变的是那标志性的水蛇腰。剑鱼迎上去，脱下自己的夹克披在她身上。她倚着他的肩膀，踢掉锥子般的高跟鞋。

让莫末更为吃惊的一幕是，吉他手从背包里掏出一双平底鞋，弯腰帮她穿上，然后把高跟鞋拎在手里。琦子挽住两个男人的胳膊，扭着腰走远了。

如焰跟王主任去上海参加国际图书博览会，同行的还有编辑部小娟。他们中午坐高铁出发，傍晚到达虹桥车站。当温润的空气扑面而来，她心里充满喜悦。她来过上海几回，但这是她第一次出差。

吃过晚餐，小娟要去逛商场，王主任问如焰想不想去看最新上映的科幻大片。如焰说她已经看过了，便独自回酒店休息。她不知道自己为什么说谎，也许除了山猫和雪狼，跟异性去影院会让她感到莫名的紧张。

上大学的时候，有个师兄约她去看电影。她想都没想就答应了，因为关系很熟，大家总是一起吃饭一起讨论课题。周二下午没课，他们去学校门口的华星影城看半价电影，师兄还潇洒地买来两杯可乐和一桶爆米花。片名和情节都忘了，如焰只记得男女主角拥吻的那一刻，他握住了她的手。她正想跟他说剧情发展也太迅猛了，喉咙像被突然塞了个蛋黄。他汗津津的手在微微颤抖，充满渴求却又慌乱无助，她甚至不好意思立即挣脱。中文系的男生像是闺蜜，平时嘻嘻哈哈口无遮拦，而此时她突然感受到一个男人深藏不露的欲望。待荧幕呈现兵荒马乱的场面，她将手指并拢，慢慢脱出他的手，假装去拿可乐杯。之后的时间如坐针毡。没有比走出影厅更尴尬的情景了。阳光刺目，车水马龙。他们沉默地走回校园，直到毕业都没有再说一句话。

如焰洗完澡，对着镜子吹干长发，想想一个大男人在异乡的夜晚独自去看电影，也挺无趣的。她有点后悔拒绝了王主任的邀约，毕竟在单位他是最关照她的人。就拿这次出差来说，若不是他为她争取，她是没有机会的，因为实习期还没满。她隐隐感到几位同事看她的眼神怪怪的，但她相信自己可以做出好的选题，慢慢让大家认可她的能力。

正准备跟雪狼视频，她收到了王主任的微信：我这有热腾腾的小笼包，欢迎来吃消夜！

她看看表，10 点一刻。问："小娟呢？"

主任说："她一会儿来。"

如焰便换好衣服，把房卡和手机装进裤兜，走出房门。主任的房间就在她的斜对面。她轻轻敲门，他笑脸相迎，请她坐在凉台的竹椅上。他穿牛仔裤和休闲格衬衫，看起来干练而富有活力。

他说电影很脑残，看了一半就出来了，在美食街买到了正宗蟹粉小笼包子。他打开餐盒，递上叉子，让她趁热吃。她尝了一个，小巧玲珑，入口即化，鲜美无比。

他端给她一杯淡红色的茶，说："这是山楂茶，解腻消食，不会影响你的睡眠。"

在这封闭私密的环境里，领导不像是领导，像个朋友。然而，又不是那种无话不谈的朋友。谈工作，太傻了。谈生活，有点怪。她盼着小娟快来，甚至后悔没有约上她一起来。为了不显得那么拘谨，她起身走到窗边，俯瞰璀璨的外滩夜景。她儿时的第一双小红皮鞋就是父亲去上海出差带回来的。她的第一件旗袍也是在上海订制的。时尚的大都市很多，但总给人以冷艳的距离感，而上海是亲切而温暖的，就像一个兼具东方神韵和西洋气质的美丽妇人。高中毕业时她想过报考上海的大学，但母亲不同意她离京。如果当时来上海了，她就不会认识山猫，更不会遇见雪狼，命运将全盘改变。

主任立在她身后，先前还在跟她讲上海百年变迁史，不知怎的，双手突然搭在她的肩膀上，温热的气息席卷了她的脊背。距离如此之近，她能闻到他指尖上的烟草味。人与人的界限非常微妙，一旦跨越蜘蛛丝般的防线，之前建立的关系便土崩瓦解。而之后能够演变成什么样的关系，则是个未知数。就像一场赌博，男人甘愿冒险，以不痛不痒的友谊为代价，换取可遇不可求的鱼水之欢。如焰知道他们之间完了，就像她和那位师兄一样。她的失望大于惊惶，因为雪狼对这位上司一直很戒备，她多次为他辩护，还笑雪狼小肚鸡肠。这次上海之行怕雪狼猜忌，她对他撒了谎，说只有她和小娟两人出差。

“求你别转身，我受不了你的眼睛。”他的手掌厚重结实，如同不容置疑的命令，而语气那样哀怜，仿佛他是个受害者。如焰一动不动，不知该跟他巧妙周旋还是夺门而逃，甚至在纠结明天还要不要参加博览会，回京后是否要立即辞职。界限被突然冲破之后，她总是很木讷，不像有些女人善于引导男人搭建海市蜃楼，保持愉悦的暧昧关系。

他的手从她的肩膀慢慢滑到两臂，伴随着越来越急促的呼吸，顺势从后面搂住她。这时，她兜里的手机发出嗡鸣。她转身逃开，慌乱中被他拽住的手也强硬地挣脱了。一口气跑回自己的房间，门卡两次掉在地上，进屋后把门反锁上，她的手在还发抖。掏出手机，是雪狼的未接电话。

美貌是沉重的负担。这样说很矫情，但这是如焰的真实感受。从小到大，这张脸给她带来了太多困扰。

她忘不了那个叫小寇的男孩，初中隔壁班的霸王。个头不高，乱蓬蓬的头发下面闪烁着一双凶煞的眼睛。他对她的迷恋全校皆知。他用彩色墨水把她的名字喷在每层楼的白墙上，害她擦了好几天。他在左手臂上纹了个蓝色的“焰”字，还成天挽着袖子亮相。连初一新生都会指着她悄声议论，那是小寇的果儿。以至于有段时间，她早晨睁开眼睛想到他，就有想死的心情。

其实他从未直接骚扰过她，甚至没有跟她讲过话，顶多在她放学路上骑着车不远不近地盘旋几圈。两人唯一的交集就是有次春游她急急忙忙去赶车，他在后面叫住她，递上她掉落在地的小梳子。他没叫她的名字，而是粗鲁地喊了一声“喂”，手臂上那团蓝色的火焰让她心惊肉跳。她不敢跟他对视，抽过梳子便匆匆离去。

后来，她代表学校参加北京市中学生广播操比赛，被几个外校男生盯上了。他们在校门口的小卖部截住她，要跟她交朋友。这事传到小寇的耳朵，引发了一场群架。小寇拿剪刀捅了一个男生，被学校开除，据说进了少管所。

狂热的追求者给她留下了噩梦，不断冲破边界的异性让她无所适从。她曾问雪狼她究竟有没有可能跟一个男人建立友谊，雪狼斩钉截铁地说，不可能，但凡是个真正的男人，都会想要占有你。就像树上最大最红的樱桃，鸟儿会迫不及待地啄破它，而不是跟它聊天唱歌。更郁闷的是，异性的好感会引起同性的反感。她的女人缘本来就不怎么好，曾经有过一个亲密女友，可是女友暗恋的男生偏偏向她发起进攻，弄得大家不欢而散。女友甩给她的最后一句话是：“我讨厌你那双看似清纯无辜的眼睛。”

言外之意是她勾引了那些男人。她不该对他们微笑，甚至不该正视他们。她也在反思，自己是否释放了模糊的信号，为他们勇闯边界开了绿灯。难道以后她必须冷面铁心地拒绝所有异性的邀约吗？

其实，这世上曾有一个男人可以成为她真正的朋友。她尽量克制自己去回忆他，可是关于他的片段随着时光的流逝反而越来越清晰，成为她成长中不可言说的秘密和隐痛。

她在心里称他为魔琴师。在很多个黄昏，她背着书包走出校门，远远看到他的身影。他穿着黑T恤和墨绿色多兜裤，坐在小马扎上拉二胡或者吹笛子，守着塑料布铺的不足两平米的货摊。他卖许多新奇的纯手工物件，比如铁皮口哨，发光小鼓，木头竖琴，音乐防盗锁。可他并不像商贩，更像是流浪艺人。标价二十元的东西，如果有人真心喜欢但钱不够，两元也卖。他不厌其烦地教大家吹口哨。他拉开两个打架的学生，买冰棍给他们吃，收回冰棍棒做简易口琴。趁他不备，小毛贼顺走几个口哨，他也不生气，不追究。学生都没多少钱，买得最多的就是五元口哨。课间休息时楼道里的哨声此起彼伏。班里有个男孩收齐了十二生肖口哨，在桌上排出各种队形，大家羡慕不已，觉得他是世界上最富有的人。

她只是远远地望着魔琴师，在校门口驻足三到五分钟，然后向左转，乖乖地按时回家。他的摊位在右侧的胡同口。

当狂风卷土而来，商贩们纷纷撤摊而逃。他闭着眼睛拉一首不知名的二胡曲，茂密的头发竖立起来，肥大的T恤鼓得像个面口袋，货摊一片凌乱。曲调千回百转，如泣如诉，那种沧桑的忧伤超过了一个12岁女孩的承受力，她觉得自己的每个细胞都在流泪。

在一个霞光万丈的傍晚，她不由自主地转向校门右侧，与家的方向背道而驰，走到魔琴师身边。他人高马大，但稚气未脱，眼神清澈无邪，就像一个孩子的灵魂植入了成人。他想送她一只兔子口哨。她虽然属兔，可她讨厌胆小软弱的兔子，更喜欢傲慢强势的猫。于是，他带她去找猫口哨。

和简单的人在一起，思维就会变得简单。很多年过去，她还是无法解释跟一个陌生男子回家的原因。没有诱骗，没有胁迫，丝毫不掺杂成人世界的复杂因素，就像两个小孩去玩找宝藏的游戏。可惜，游戏的代价太大了。

由于各种调查、责问和非议带来的神经紊乱，她休学了一个月。起初她竭力为他辩解，却发现那只能招来更多愤怒和鄙夷。连她的父亲，也不肯相信她的判断力。她甚至没有判断的资格。这个世界不是属于两个小孩的孤岛，充斥着太多龌龊和凶险,以至于大家无法不以恶意揣测男人和小女孩之间的关系。她崇仰的魔琴师，沦为世人眼里的无耻之徒。

大约半年后，她在学校收到一个邮包，没有寄件人的署名。

里面是个精巧的雕花木盒子，她好奇地打开，那只可爱的小猫口哨映入眼帘。它圆圆的脑袋，粗短的尾巴，正在玩弄一只毛线球，两只魅惑的眼睛与她对视，似乎在瞬间被赋予生命。盒子里还有一份折叠好的乐谱手稿，潦草飞舞的音符仿佛在诉说一个神秘的故事。她迅速关上盒子，百感交集。回家的路上，她觉得书包很重，心里甜蜜而忐忑。如果父母看到这只口哨，会发疯的。她把盒子锁在书桌抽屉里，把魔琴师封存于心底。

如焰出差了，雪狼度日如年。特别是电话联系不到她的时候，他在屋子转来转去，像一只焦躁的困兽。

看不进去书，也没法写东西，雪狼抱着 iPad 看 Dylan Moran 的脱口秀。这位爱尔兰喜剧演员自编自演的情景剧《布莱克书店》曾一度让他着迷，台词几乎倒背如流。多年不见，卷毛大哥已经中年发福了，却依然出口伤人："人生其实很简单，只有四个阶段：儿童期、失败期、衰老期、死亡期。你这辈子就这样了，我们都会死掉……"观众频频大笑，雪狼却笑不出来，Dylan 的黑色幽默对他已经失去了吸引力。这个拥有大批粉丝的卷毛，在鼓吹丧逼哲学的时候多少有点作秀的成分，就像一个酒足饭饱的人抱怨这世上并没有他爱吃的东西。

在《布莱克书店》里，主人公每天睡到自然醒，随心所欲地喝酒，烦躁时拿笤帚轰赶顾客，不想接电话就剪断电话线，任性到极致让人感觉酷毙了，而前提是他拥有一爿神奇的书店，无论经营多么糟糕也不会倒闭。在这个小世界里他是国王，完完全全主宰自己的生活方式。雪狼想想自己在北京混了十几年，拥有什么呢？一个还算温馨的小公寓，拖欠租金就会被赶走。一个文艺微信公众号，更新慢了会掉粉（被粉丝抛弃）。在轻音乐和电影迷宫杂志各开了个专栏，文章写不好会惹毛主编。他心爱的架子鼓是跟朋友借钱买的，就像崔健唱的一无所有。

他跟山猫聊过死亡的话题。山猫说，还没成功，不可以死，一百年太短，要活得飞扬跋扈。他没有山猫那么强的抱负，他不甘心死去是因为没有名正言顺地爱过。小焰是他不见天日的爱人。而山猫的离世成全了他的爱情。

雪狼认为在儿童期和失败期之间，还有一个短暂的恋爱期。那种让他坐卧不宁时而兴奋到要爆裂、时而又谦卑到尘埃的甜蜜折磨。从前的日子虽然清苦，但他自在坦荡，也算逍遥。爱情让他变得诚惶诚恐，从未如此强烈渴望自己变得更完美，并担忧无法给予对方更多幸福。

他是一只孤独的狼，在天地之间游走，对月长啸，只能看见自己的影子，听见自己的回声。无需承担他人的寄托，也不必感受他人的痛楚。灵魂无牵无挂，就像天上的星星绽放着或强或弱的光芒，彼此注视却从不纠缠。生命注定是一场孤独的旅行。

直到他冷冷的鼻子触到一阵奇异的气息。

与美貌极不相称的，是她怯懦忧伤的气质，似乎对自身的存在有些不安和歉意。她的发丝随着公交车的节奏晃动，眼睛飘向窗外。外面是黑夜，映衬着她月光般的洁白。雪狼从未这样仔细地看过一个女孩，以至于他不得不从包里掏出杂志掩饰自己的眼神。

他幻想车子抛锚，可它畅行无阻，很快驶过了他的目的地。车上只有零星乘客，她无意中向他投来一瞥，他便陷入低烧般的恍惚中。终点站叫桃园，靠近西郊。他跟着她下了车，侧过身子假装看站牌。也许是约好的人没有来，她原地等了一会儿，开始打电话。可他没有听到她讲话。夜风很凉，她抱住肘部，轻轻跺脚，短靴侧面的毛绒球来回摇摆。

他暗自谴责那个让她等的人，打算陪她等。她又看了一眼手机，像是下了决心，独自沿着马路前行。他不远不近地跟着她，脚步尽量轻。她两手插在兜里，勾着头，走路姿势小心翼翼，如履薄冰。路过一排小店铺，她走向灯光幽暗的农家院落。伴着犬吠声，一个男人迎面而来，把她搂在怀里，似乎在解释什么。他以为她会发脾气，而她顺从地依着那个男人往前走，甚至没有甩开那只讨厌的手臂。两个人和一只大黑狗消失在夜色中。

他发了会儿呆，掉头返回。路过一家打烊的音像店，门上贴着一张广告：Preyer 乐队诚招鼓手，有意者请与圣鹰联系。他抄下手机号，当即发了条应征短信。

当他走回车站的时候，已经错过了末班车。他舍不得打车，徒步走了十来站回到家，胃里空空的，心里满满的。

两周以后的一个下午，他在逛批发市场，突然接到圣鹰的电话，问他今天能否在桃园跟乐队碰个面，鼓是现成的。他便提着刚买的拖把和水桶奔去了。在熟悉的公交车上，他总是忍不住看后排靠窗的那个空荡荡的座位。

排练厅设在农家院的一间小平房里，四面是碧绿的菜畦，豆角和丝瓜肥美可人。出门迎接他的是一只德国黑贝，凶悍的叫声似曾相识。他感到血脉贲张。

再次见到她，她坐在男友的腿上，就像暴君怀里的宠姬。稀世容颜，在他支离破碎的梦境中复原。他把满腔的激情、压抑和绝望注入鼓点。

就这样，雪狼加入了 Preyer。为了圆一个鼓手的梦，也为了能看到如焰。

乐队重振雄风，山猫请大家吃海底捞。如焰坐在他身边，默默地听他侃侃而谈，用小笊篱及时从火锅捞出鱼片和蘑菇，放进他的碗里。

云豹说："雪狼，今儿重点是迎你，怎么成闷葫芦了！"

圣鹰说："对嘛，讲讲你的故事。"

讲什么呢？讲他为追逐音乐梦想退学后蜗居在摇滚村过了十年猪狗不如的生活？讲他自费出版了一本诗集，亲戚朋友送遍了家里堆不下只好让收破烂的拖走？讲他活到而立之年第一次动了真心对方却名花有主？"Nobody,no story.[1]"他举起满杯啤酒一饮而尽，"为了遇见你们，干杯。"

如焰亮晶晶的眼睛注视着雪狼，让他患上了失语症。他伸长胳膊去夹藕片，她把蔬菜拼盘换到了他面前。圣鹰说嗓子上火不想吃辣，她立即给他点了杯凉茶。她那么美，为何不嚣张乖戾娇蛮些呢？过于温善体贴的人往往有内伤。雪狼突然感到一丝心疼。

四男一女，逐渐形成惯常的聚会模式。那段时期云豹因为辞职跟父母冷战，逃离了西山别墅，搬进他姥姥开的桃园山庄。他们的排练场所也就转移到了农家院。云豹没有固定女友，雪狼单身，圣鹰对爱情还不开窍，只有山猫佳人常伴。每周六排练，如焰就坐在旁边看着他们。雪狼感到困惑，生性恬静的她竟然能忍受持续的喧嚣。音乐和噪音的界限其实很模糊，特别是他们肆无忌惮探索新曲时，手里的乐器变成了武器，如同野

[1] 译文：无名小卒，没有故事。

兽在搏击。山猫近乎于神经质的完美主义倾向，迫使大家从无休止的重复中寻找突破。有几次雪狼都快发疯了，简直想一槌敲碎自己的脑壳。但是她宛若莲花，稳坐如初。

奇怪的是，如焰从不去 Black box 看他们的演出。

山猫曾不无得意地说："排练的时候，她才觉得我完整地属于她，是为她一人而唱。"

山猫的女粉丝不少，而且有几个相当性感。他不至于像云豹那样把某些女孩带回家，但他坦然接纳她们的亲昵和调笑，就像一只猫躺在地上撒欢，亮着肚皮享受大家的抚摸。

最夸张的一次，有个男孩带着心仪的女孩来 Black Box 听歌，等到凌晨送给她一束玫瑰求爱。正好山猫刚唱完一首情歌，女孩竟然转手把花献给了他，然后两人在台上热情拥抱。全场沸腾起哄，只有雪狼注意到角落里的那个可怜虫。男孩呆坐了一阵，没有吵闹，没有抗争，缓缓起身向门外走去。细腿裤，大头鞋，耷拉着脑袋的背影像个问号。雪狼暗想，幸亏如焰没有看到这一幕。

写作也许是这世上最费力不讨好的事儿。当夜深人静的时候，雪狼敲着冰冷的键盘，试图捕捉脑海里的火花，字斟句酌，删删改改。直到眼睛发酸，他不得不停下来，揉揉僵痛的脖子。以前爱写诗和歌词，后来为了谋生，开始写乐评和影评专栏。

在纸媒衰落的时代，杂志能卖出去多少呢。翻杂志的人，又有几个能读到他的文章？即使耐心读完了，产生共鸣的人更是寥寥。他想过要不要继续写下去。如果不写，还能做点什么？除了打鼓和码字，他觉得自己别无所长。这两种爱好都很尴尬，鼓手需要舞台，写手需要读者，对外界的依赖使他无法傲然独立。而今人人都渴望发声，渴望站在舞台的中心，在躁动喧嚣中狂呼，听不到也不想听别人的声音。

有一次他们在云豹家里排练的时候，如焰无意中从书架上抽出一本《电影迷宫》，放在膝盖上津津有味地读起来。雪狼不知道她会不会看见自己的文章，心里七上八下的，打鼓错了好几个音。

排练完，大家一起做午餐。雪狼炸鸡翅，如焰拌沙拉，圣鹰去买啤酒，山猫剥了根葱就溜了。云豹到储藏室去拿葡萄干，准备烤薄饼。雪狼听着匀称的切菜声，有种相濡以沫过小日子的甜蜜错觉。他回头看如焰的时候，她正好也抬起头来，土豆丁从到刀片上纷纷滑落。

她说：“《我心跳跃》那篇影评是你写的？写得真好。”

他说：“见笑了，很多年前写的博客，稿子催得紧就拿来凑数了。”

她说：“钢琴对于主人公，就像架子鼓对于我，是平凡生活中的宏大梦想。如同一条鱼奋力跃向天空，终将落入水中，改变不了的是宿命，而阳光照射下的光辉一跃决定了生命的高度，那个瞬间将定格成永恒。这几句妙极了，我羡慕你，因为包括我在内的庸庸大众根本没有宏大梦想。”

她读的如此之细，让他受宠若惊。

她说很想看看这部法国电影，他答应把珍藏的DVD借给她。

第二天在Black Box演出，雪狼本可以让山猫把片子带给如焰，但他思忖再三，没有开口，而是一周后把它夹在那本杂志里，仍放在云豹书架上。如焰心照不宣地取走了光盘，回时还附赠他一枚精致的木书签。

漂流是一个任性的决定。

因为他们度假的那个南方边陲小镇太美了，有山有树有河流。夕阳像一只红彤彤的粉饼，给万物涂上了胭脂。水中树影婆娑，落花流转，芬芳四溢。她想要漂流，去看看长河的尽头。从小到大，父亲几乎不会拒绝她的任何要求。于是，他们租了一只小船。父亲摇着木浆划船，她躺在船舱，望着变幻多姿的云彩。平日忙于功课，没有机会仔细而长久地注视天空。她发现云行走的速度很快，骏马飞驰而去，猎豹随后逐来，脊背和四肢被阳光勾上了金边。

她渴望时光静止。她不想长大，父亲也不会变老，以后的时光不会比此刻更美好。

直到腿脚轻微发痒，不经意间触摸，星星点点的小包正在迅速膨胀。当夕阳的余晖消散在重叠的云层，黑压压的蚊虫包围了小船。

船夫指给他们的港口遥不见影，只好弃船而逃，爬上荒草丛生的河岸。天黑的很快，没有路灯的林荫路，就像被墨汁泼洒过似的。远处传来摩托车的轰鸣声，父亲打开手电筒，拉着她的手疾步而行。

树丛中发出窸窸窣窣的声音，她吓了一跳，以为是条野狗，没想到蹿出一个人影，拦住了他们的去路。他矮小粗壮，手里提着凶器，如同成年版的小寇。只是，校园里那一丝羞怯不见了，取而代之的是在社会底层饱受摧残后的凶煞和仇恨。父亲本能地把她挡在身后，掏出钱包丢给他。他显然不是来劫财的，一脚踢飞钱包，死死地盯着她，眼里充满野蛮的兽欲，以及同归于尽的毁灭感。她想问他到底是谁，但牙齿哆嗦得说不出话。平素文弱的父亲被他的眼神彻底激怒了，叫她快跑，然后以一个男人全部的勇气和力量向他发出宣战的狂号。

他举手挥刀的瞬间，她仿佛看见了一束蓝色的火苗。

“这只是个故事，你不必当真。诊断书上明明写着父亲是病故的，可我为什么不断重复这个噩梦？”

他没有回答，只是更加用力地抱紧她。这就是她发冷的症结，源于内心深处的恐惧和罪孽。

从非洲回来以后，如焰观看乐队排练的次数明显减少，而且也不怎么跟他们一起吃饭了。山猫说她在忙着找实习单位，而雪狼觉得她是在回避他。他非常想她，特别是看到云豹家的书架时，感觉自己就像一条被海浪冲上岸的鱼，退潮之后孤零零地遗落在沙滩，在痛苦中干涸而死。他疼惜她心里遭受的创伤，不想让她因为自己再受丁点儿煎熬。他祈祷她尽快忘记他，让他独自承受暗恋之苦。

山猫出游一周，乐队暂停排练。周六雪狼没有出门，在家重温俄罗斯影片《小偷》，看到小男孩桑亚在冰天雪地中呼喊着爸爸追赶囚车时，他的眼眶湿润了。

两年前，父亲专程来北京看他，在他的小屋里住了一个月。父亲的自豪感还停留在儿子十年前考进了北京的重点大学，不知道他大三就退学了，更不知道他没有稳定的工作。一个月过得漫长而痛苦，他每天跟着闹铃起床，装出朝九晚五出去办公的样子，其实在博物馆或者书吧闲晃。傍晚回到家，父亲早已备好两个菜，盼着与他小酌几杯。父亲总是问，你没做完工就跑回来了吧？听说公司都要加班的，你怎么从来不加班？父亲也会旁敲侧击地打探他每个月能挣多少钱，交没交女朋友。临走的前几天，他说自己休假了，带父亲去一些景点转了转。父亲颇为不安，说长城我十年前就爬过，故宫人挤人看不到东西，王府井也没啥逛头，你赶紧回去上班吧，休假要扣钱的。他告诉父亲这是带薪年假，不扣工资。父亲连连感叹，竟然有这么好的单位！作为一个起早贪黑有时还会血本无归的果农，他无法想象睡懒觉逛公园还会有钱飞进口袋。父亲很想看看他工作的地方，他拗不过，随意带他来到东二环边上的一座大厦门口。父亲仰着脸眯起眼，这么高的楼哇，还说公司规模不大。他说，这是综合写字楼，我们租了两层而已。父亲观望了一阵，说："你看人家都穿西装上班，你也该买几件像样的衣服，别舍不得花钱。"

把父亲送上开往咸阳的火车，父亲忧心忡忡地对他说："你弟贪玩，成绩一直上不去，你抽空写信劝劝他。他要是有你的一半儿，我就知足了。"他回过身，装作有电话要接。

之后的两个春节，他都借口值班没有回家。不想回应亲戚朋友对他工作状况和个人问题的关切，也不忍面对父亲的眼睛。

片尾字幕浮现时，雪狼听到猛烈急促的叩门声。

他走到门口，问是谁。外面没动静了。这么晚，应该是找错人了。他刚转过身，叩门声又响起来，这次是轻柔不安的，就像一个闯祸的孩子上门致歉。

他打开门。如焰站在外面，脸色煞白，像个幽灵。"我再也不能忍受了……"她嗫嚅着，扎进他怀里。

梦里的人，从天涯变为咫尺。他抱着她冰冷单薄的肩膀，封存的感情岩浆般喷涌而出，一发不可收拾。

回过神儿，他迅速把她拉进房间。沙发上堆着脏衣服，桌上剩了半个驴肉火烧，桶里的垃圾还没倒。她的突然造访让他窘迫不已，连大灯也不敢开。他在北京搬过七次家，住过地下室和鸽子笼，也挤过同学的宿舍，这已经是最好的一件公寓了，至少有个卫生间。

她显然是匆忙赶来的，裹着大披肩，光脚穿了双帆布鞋，嘴唇冻得发青。不巧的是热水器坏了。他烧了壶开水，倒进脸盆，帮她洗脚。她坐在转椅上，垂下的双腿光洁如玉，脚趾甲像贝壳般晶莹透亮。她没带睡衣，他给她拿了自己的一件背心，她套上像裙子。他把床上的一摞摞书搬到桌上，从柜子里找出一条厚棉被，平铺在床单上。

她钻进他的被窝，像个热乎乎湿漉漉的小兔子。他把台灯调暗，她躺平，闭上眼睛，一副束手就擒的样子，让他忍俊不禁。

雪狼侧卧在她身边，轻轻捋她的头发，听着她紊乱的心跳。他不想加剧她的恐慌和负罪感，能这样静静地望着她，就知足了。

他们聊到半夜，决定向山猫摊牌。如焰说：“你要被迫退出乐队了。”

雪狼说：“是很可惜，遇到志同道合的队友不容易。当初我因为你才加入乐队的，现在为你而退出，我不后悔。”

如焰说：“我害怕。”

雪狼说：“全都交给我，我来跟他谈。” 其实他并没想好怎么跟山猫摊牌，也无法预期他的反应。

如焰枕在他的臂弯，眨动着忧虑的眼睛，许久才睡去。

不知怎的，雪狼想起了以前的女友，心里异常难过，想跟她说声抱歉。当初跟她在一起，是因为青春的躁动、荷尔蒙过剩、虚荣心膨胀以及糊里糊涂的感动，总之与爱情无关。此时此刻拥着如焰，他才真正领略到恋爱的感觉，就像潺潺溪水灌溉心田，无比温暖，感恩万千。

如焰突然惊醒，坐起身子，抱住膝盖叫道：“我做不到，我投降！”

雪狼问：“除了恐惧，你心里也有不舍吧？”

如焰说：“我不确定，恐惧压倒了一切。只要设想那个场景，想到他的眼神，就是溺水的感觉。”

他的劝慰无济于事，她坚信山猫会杀掉她。

“天亮以后，什么都没变。我回到属于我的地方，依旧远远地注视着你。我不该奢望得到你。”她噙着泪。

“太晚了，既然你来找我，我绝不放过你。”雪狼把她揽进怀里，疯狂地吻她。被思念啃噬的心，再也不想背离自己的欲念。什么仁义道德，统统抛到九霄云外。滚烫的舌尖顺着小腹向下游移，她就像奶油般滑腻芬芳。他比鼓槌还坚挺，义无反顾地奏响了生命中最华丽的乐章。

晨光透进窗楹，雪狼张开眼睛，望着她安然熟睡的脸颊，有种虚幻的幸福感。如果这是梦境，他愿长睡不醒。

手机在桌上振动，雪狼一把抓起来，赤脚走进洗手间，轻轻关上门。是云豹打来的电话，只喂了一声，便哽咽了。雪狼的心提到嗓子眼。静默片刻后，云豹哑声说："昨晚山猫坠海了，生死不明。他妈妈昏迷住院了，我和伯父在赶往机场的路上，到了民丹岛再跟你联系……我不知道怎么跟如焰说，这个难题交给你。"

雪狼怔住了，觉得上天给他开了个黑色的玩笑。这时，门被推开一道缝隙，如焰立在外面，套着他的大背心，长发垂到腰际，脚踩他的人字拖。四目相对，她似乎预感到了什么，咬住指尖，脸上的血色迅速退却。

▼

第十章

背叛的心

“讲讲我和那个人的事儿。”莫未开门见山。

“谁？”小开一头雾水。

“让我死去活来的初恋。”

莫未按捺不住对那五个笔记本的好奇，特意把小开约出来，试图拼凑一个完整的故事。

小开一愣，用勺子搅拌着咖啡，笑道：“估计你被月下老人遗忘了，你的真命天子还没出生呢。”

莫未说：“你甭装了，周末我把以前的日记翻出来了。我想跟你聊聊他，聊透了，我心里的疙瘩也就解开了。”

“当我得知你失去了部分记忆，就暗暗祈祷你忘掉他。”小开低下头，迟疑地说，“我们彼此发过誓，永不再提起这个人，否则天诛地灭。你这不是存心害我吗？”

莫未说：“我投海已经死过一次，上辈子的誓言作废。”

“你这里不会疼了吗？”小开把圆润的手放在莫可胸口，“从前你只要提到他，就感觉心里有台绞肉机在转动。”

“你们女人太逗了，”莫未大笑，“就是鲸鱼的心脏也禁不起这么绞啊。”

小开似乎舒了口气：“我就说嘛，时间会冲淡一切，再浓烈的感情也会蒸发。你还说你跟别人不一样，爱他爱到骨头里，千年不化。”

莫未问：“你手头有没有他的照片？”

小开惊呼：“你连他的样子都忘啦？”

“他被我神化了，只想重温一下，看看他有没有当年我眼中那么帅。”

“帅个鬼，一副故作深沉的老相。”

“那就是以才华取胜咯！”

小开啐道：“狗屁才华，也就骗骗你这种不谙世事的小女生。卖了首歌便不知天高地厚了，竟然退学搞创作。我要是你妈，也不会同意你跟这种没责任感的男人鬼混。当初你恨透了你妈，现在感激还来不及吧。”

“他也玩音乐？卖的什么歌？”莫未来了兴致。

“Ouch[1]，别以为小丑就没有爱情，Ouch，别以为傻瓜就不会心碎。”小开不由自主地哼唱，“你听一遍哭一遍的歌啊！”

莫未差点喷了。《小丑的爱情》，十几年前风靡一时的神曲，被两个学生做成 Flash 在网上疯转百万次，捧红了当初名不见经传的民谣歌手阿虾，可惜作者鲜为人知。雪狼加入 Prey 乐队之初，山猫不甚中意，后来得知他就是这首歌的词曲作者，便对他的才华刮目相看。每当雪狼被问起情感经历，总是轻描淡写地说大学时有过一个女朋友，他退学之后就分手了。是的，雪狼大三时退学了。还有比这更戏剧化的巧合吗？

原来日记本里的 X 是雪狼的简称。莫未哭笑不得地喃喃自语：“老天啊，我的初恋竟然是雪狼。”

“我一直讨厌这名字，听起来好阴郁，果然给你带来了厄运。”小开捏扁了纸杯。

以前在乐队，山猫跟雪狼配合十分默契，一起写过好几首歌，但雪狼生性孤僻，习惯独来独往，所以山猫跟他的交往始终有一层距离感，不像云豹和圣鹰亲如手足，畅所欲言。

莫未重生之后，以学吉他为由跟云豹逐渐熟络起来，也悄悄去学校里看过圣鹰，唯独没有见过雪狼。她的电脑相册一张

[1] 译文：哎哟

雪狼的照片也没有，手机通讯录里也没存他的电话，看来这姑娘下定决心要把他从生命里删除。可是，为什么要在分手后的第三年寻死？按理说，时间能够冲淡伤痛，而且在家人朋友眼中,她这些年的表现还算正常。那个夜晚她究竟受了什么刺激？是不是一定与雪狼有关？

马修描述过的一个细节突然让她警觉起来，赶紧给他打电话。打了三遍，传来马修气冲冲的声音：“莫未你疯啦，还不到6点！平时早起晚归累成狗，周末还不让我睡个懒觉！”

莫未说：“快帮我回忆一下，公司开完年会那天晚上，我不肯讲初恋故事，大家起哄让我唱歌，你说杰西卡给我点了首歌，是哪一首？”

马修说：“姐姐你饶了我吧，那天大家唱了上百首歌，都喝得烂醉如泥，谁会记得？”

莫未说：“快启动你的高智商嘛，想出来我给你介绍一位超级帅哥。”

马修说：“你这老古董，新歌基本不会。估计她给你点了首家喻户晓的老歌，还是比较欢快的风格……对了，《小丑的爱情》！绝对没错，前奏一出来，大家就笑了，只有你的脸色很难看。杰西卡把麦克风塞给你，要陪你一起唱，大家开始拍手伴唱——你却坚决端起了酒杯。”

一首歌，掀起所有苦痛的回忆，杀死了这个愚蠢而痴情的姑娘。一个漂泊的乐手，十几年前写的作品竟然有这么大的杀伤力。更重要的是，他对前女友的悲剧也许毫不知情。莫未迫不及待想要会会雪狼了。

马修还在那边嚷嚷：“帅哥在哪里？”

莫未给他发了张山猫的照片。

马修叫道：“这不是 Black Box 的歌手吗？我曾经拉你去听他的歌，你偏不去。现在他已经死了，你再也没机会领略那种绝代风华了。”

绝代风华这个词让莫未陶醉了一阵。想不到山猫的粉丝分布这么广泛，连身边的同事都喜欢他的歌。

莫未打算给雪狼发个短信，约他出来见面。转念一想，以他沉闷内敛的性格，拒绝她的可能性很大，不宜打草惊蛇，最好制造一场偶遇。

雪狼比较宅，除了在 Black Box 演出，他常去的地方就是离家不远的“依筠书吧”。那是个条形木房子，藏在城北一片茂密的竹林里，专供小众文学和艺术类书刊，以清幽雅致著称。门口的院子很大，草地上摆着七八个圆木桌和数十把竹椅，时常举办艺术沙龙，是文艺青年的汇聚地。

莫未查阅了“依筠书吧”微信号，最新的沙龙预告是《阿虾的民谣人生》，本周六下午 3 点。她觉得雪狼应该会来。

阿虾虽然过了鼎盛期，人气还是挺旺。椅子早就坐满了，大家三五成群坐在草地上，空气里弥漫着现磨咖啡的香气。不惑之年的阿虾仍是格子学生装，蝴蝶领结，白裤子白皮鞋，歪戴一顶运动帽。莫未有点作呕。

阿虾谈起演艺生涯，无法绕开《小丑的爱情》。他坦言这是他的成名作，也不幸成为他的桎梏。他被贴上了痴情王子的标签，而他始终认为个人之爱是非常狭隘的。他努力探索新的风格，甚至有一段时间离开歌坛，去西部山区支教，创办音乐启蒙公益基金会，因为民谣是人民的歌谣，他要挖掘来自民间的朴素情感和生动故事。

莫未趁机举手提问："阿虾老师，请问您认识《小丑的爱情》的作者吗？既然这首歌取得巨大成功，为什么你们没有继续合作？"

生于东北的阿虾拖着奇怪的台湾腔："这位小妹的问题很特别。事实上，作者是我的一位朋友，当年特意为我写了这首歌。后来我工作很繁忙，跟他联系少了，他大概转行了。要知道，音乐条路很难走到底，很多才子都是昙花一现。"

莫未说："据我所知，词曲作者雪狼跟您素未谋面，而且他一直在坚持音乐事业。当年，这首歌的 Flash 在网上疯狂流转时，作者的名字却没有被提及，以至于绝大多数听众以为是您的原创。您签约的唱片公司在正式发行单曲之前，才匆匆找到作者，用五千元买断了版权。这涉及到我的第二个问题：在鱼龙混杂盗版成风的信息时代，独立音乐人如何维护创作权益？”

全场陷入沉默，阿虾竭力用标准化的笑容掩饰尴尬。主持人打了几句圆场，话锋一转：“我很理解大家近距离接触偶像的激动心情，但是由于时间关系，今天的座谈不得不告一段落。下面，掌声有请阿虾老师一展迷人的歌喉！”

阿虾抱起木吉他，支起麦克风：“相聚的时光总是匆匆而逝，那我就献上一首新歌《水薄荷》，希望大家喜欢。”

莫未的眼睛在人群中再度搜寻一番，仍然没有雪狼的影子。

一曲唱完，阿虾起身道别。观众们不肯散去，不知谁吹了声口哨，大家不约而同地打起拍子。清晰而热烈的节奏，不可抵挡的群体意志，阿虾只得坐下，弹出那段熟悉的旋律。在大家的尖叫和欢呼中，他扯开喉咙：

Monday, 她整夜不回家。

Tuesday, 她不接我电话。

Wednesday, 她说我是癞蛤蟆。

Ouch, 别以为小丑就没有爱情！

Ouch, 别以为傻瓜就不会心碎！

Thursday, 她丢掉了我的玫瑰花。

Friday, 她为花心 Jack 剪去长发。

Saturday，她发誓谁也不嫁。

Ouch，别以为小丑就没有爱情！

Ouch，别以为傻瓜就不会心碎！

Sunday，我的眼泪哗啦啦。

Gloomy Sunday，My Doomsday[1]

……

为了避免冷场，莫未甚至想好了跟雪狼交谈的话题。可以跟他聊聊在后海混得风生水起的女歌手琦子，鼓动他写篇文章抨击她的歌，让圈内朋友看清她腐烂的心。

每天下了班，莫未便冲到“依筠书吧”，一直待到打烊，周末也整日泡在这里。半个架子的书都读完了，也没邂逅雪狼。

这天莫未刚进门,就瞟见靠窗的沙发椅上有个熟悉的倩影。她从书架背面悄悄绕过去，透过层次不齐的书脊，千真万确，望见了她日思夜想的小焰。小焰穿粉色的高领毛衣，柔顺的长发侧面别着粉发卡，那小脸在灯光的映衬下也是粉嫩的。她在翻一本蓝色封皮的书，面前的茶几上摆着一杯蜂蜜柚子茶。

莫未戴上墨镜，坐在她斜对面的角落里，肆无忌惮地注视

[1] 译文：黑色星期天，我的末日。

她。她为何要来这么远的地方看书呢？是因为家里无处派遣寂寞，还是油画里的那只黑猫让她失魂落魄？失去山猫的这些天，她是怎样挨过来的？

9点半，莫未开始为她担心了。这地方不好打车，最近的公交车站也要步行二十分钟。而小焰对窗外的夜色浑然不觉，细长的手指轻轻翻动书页，完全沉浸在虚构的世界。莫未想，都说漂亮姑娘不读书，小焰却是个内外兼修的极品。可惜，从前没有端详过她阅读的样子，也没有深聊过她喜欢的书。

一个高大的身影带着寒气悄然靠近，浅驼色大衣，白毛线围巾。他停在如焰身后，蒙上了她的双眼。是雪狼。

如同一场荒诞的梦境，莫未还没回过神儿，只见如焰握住那双粗糙的大手，缓缓移到唇边，温柔地亲吻着。她冲他回眸一笑，绽放出前所未有的明媚光彩。雪狼紧贴着她坐下，环住她的肩膀。她帮他摘围巾，摘到一半被他攥住手。他们的眼里只有彼此，恨不得嵌进对方的骨头。

莫未想起曾经读过一首海涅的诗。他的恋人嫁给了别人，在婚礼上，他看到新郎新娘分享美酒，感觉他们喝的是他的血。新郎新娘分吃苹果，他们吃的是他的心。当他们热切拥吻，仿佛死神在亲吻他。

当年还笑诗人的愚痴。此时此刻，雪狼和如焰埋头喝柚子茶，你一口，我一口，轻声笑语。莫未觉得自己的血脉逆流，拥堵在胸间。她摇摇晃晃地站起来，走到洗手间，对着水池干呕起来。

等她走出来，靠窗的沙发椅已经空了，留下两个浅浅的印痕，还有一本孤零零的小说集《走在蓝色的田野上》。她买下了那本书，追到大门外，拦住一辆摩托的士，直奔雪狼家。

颠簸在黑暗的小路上，寒风刺痛了她的脸颊，刚才的情景一遍遍在眼前回放。其实没有追踪的必要，不过心已经裂开了，也不在乎被碾碎。

雪狼租的公寓在一幢回迁楼里，偏远，窄小，山猫只来过两次。一次是他喝高了，在出租车上说不清自己住在哪儿，雪狼就把他拖回来了。硬板床和荞麦皮枕头半夜硌得他背痛，翻身碰倒了床头的一摞书，只见雪狼蜷在小沙发睡得正香，双腿几乎垂在地上。早上，他俩分吃了一根树枝般的法棍面包。雪狼说他从小喜欢睡在石板上，咀嚼干脆的豆子，睡不惯软床，也吃不惯软食。他戏谑地说，总有一天，你会因为某人爱上柔软的感觉。还有一次，两人吃饭时合编一首曲子，饭馆打烊了仍在兴头上，他便跟着雪狼回来了。当他们弹着吉他陶醉高歌时，邻居大叔粗暴地砸门抗议。

莫未站在一层门厅的信箱处，穿堂风吹透了单薄的身体。开裂的墙壁上贴满花花绿绿的小广告。红油漆编号的1108小铁格里塞满了报纸和信件，露出印有按摩字样和美女照的名片。适合单身汉厮混的地方，绝不是一个浪漫的约会地点。

然而，如焰义无反顾地来了，坐在雪狼的破自行车后面。伴随车链有节奏的杂音，他们哼着歌，好像回到了校园时代。除了读书和恋爱，一切都不必考虑。他举起双臂，幻想飞起来了。她紧紧环住他的腰，像是在策马奔腾。他们手挽手走进楼道，从莫未背后擦过。她瞥见如焰的背影，试图找到一丝叛离的沉重和愧疚。然而没有，她的步伐比以往更为轻快。

听到电梯门缓慢的闭合声，莫未才敢回过头来，眼睁睁地看着电梯升到 11 层。那匹狼叼着山猫的姑娘回窝了。

父母去巴厘岛度假了，家里空荡荡的，莫未陷在无边的孤寂中，脑中盘旋着一个巨大的问号：如焰和雪狼是什么时候好上的？是山猫离去之后，雪狼趁虚而入？还是在那之前……这个念头让她崩溃，难道日夜陪伴山猫的只是一个同床异梦的躯壳，那双美丽清纯的眼睛隐藏着一颗背叛的心？

莫未翻看网盘相册里山猫和如焰的几百张合影，似水流年，岁月静好，他意气风发，她巧笑嫣然。她把如焰发过的微信帖子浏览了一遍，发现云豹和圣鹰给她的留言不少，而雪狼只是偶尔含蓄点赞。她点开雪狼的公众号，从头到尾细看他的文章以及后面的评论，试图捕捉一丝线索。有个睡莲头像的网友是忠实粉丝之一，几乎给他的每篇文章都打赏，可以追溯到前年九月雪狼发布的《西非斗鼓记》。莫未怀疑这是如焰暗自注册的另一个微信号，因为她最喜欢白色的莲花。

如果这个推测成立，他们的情愫应该萌生于非洲之旅。白天大队人马一起行动，想想那十八个夜晚，除去演出和转机，山猫有三晚在游泳，两晚跟团员们喝酒，两晚跟老K学魔术，而这些活动雪狼和如焰都没有参与。莫未突然想到，从非洲回来以后，如焰就不再去看乐队排练了。她说实习繁忙，可是以前备考阶段都能抽出时间，她分明是无法同时面对山猫和秘密情人。

所以，山猫离去之后，他们的恋情终于可以浮出水面了，会不会在葬礼上相视而笑？从未奢望如焰对山猫的爱至死不渝，也绝不能忍受她在他生前就变了心。山猫短暂的生命看似繁花簇锦，却不曾拥有一个真正的爱人。何其悲哉！

不吃不喝干躺了两天，莫未被云豹的电话吵醒了：“你也忒不靠谱了，又旷课，到底还想不想学吉他？”

原来她已经睡到周六下午，错过了培训时间。再不找个人说说话她就要发霉了。她爬下床，奔到云豹家。

女佣给她端来一杯果汁，莫未说：“谢谢，可此时我更需要啤酒。”女佣有点不知所措，这时云豹从旋转楼梯走下来，到冰柜拿了听德国黑啤递给她：“你怎么了？脸色比鬼还难看。”

莫未说：“如果最亲密的人背叛了你，你会怎样？”

“弹琴呗，忘记他。还能怎样，最不可控的就是人心。”

云豹笑道，“你被闺蜜骗了？那不奇怪，女人之间根本没有真正的友谊。还是被男友坑了？男人对你不存在背叛的问题，一开始就不可能是真心的。”

莫未一口口喝着冰冷的酒，试图浇灭心头的怒火。

云豹见她似乎伤了元气，不敢再调笑，取来吉他，弹了首《往日情怀》，伤感的旋律蔓延了整个房间。莫未接过吉他，坐到门厅的台阶上，一首接一首地弹，眼前不断浮现出如焰和雪狼十指相扣温柔对视的一幕。无论狂野奔放还是婉转幽怨的曲子，似乎都在倾诉山猫的悲伤恋情，她的指尖滴血也不肯停下来。

云豹在屋里打了几个电话，莫未隐约听到他在喊：“这笔钱够你一年的房租，别说你不需要钱……不要跟我提山猫！”莫未放缓旋律，竖起了耳朵，只听见云豹沉郁的声音：“如果你真的在乎他，咱们就不会散伙儿！”

一时无比安静。云豹走出房间，也开了听啤酒。

莫未问：“你刚才是不是在跟雪狼说话？”

云豹一脸惊讶。

莫未说：“我关注了 Preyer 的网站，也开始慢慢了解乐队成员。”

“这个网站是我一手建起来的，有三个月没更新了，也不知道还能撑多久。”云豹坐在她身边，轻叹了一声，“没人会对无穷无尽的悼念感兴趣，逃避悲伤是人的本能。”

夕阳拉长了两人的影子，啤酒溢出金色的泡沫。从他们的角度平视庭院，枯枝败叶间，几株鹅黄的腊梅开得正艳。

“山猫的故事该结束了，可 Preyer 的故事还在延续。”莫未问，“是雪狼提议解散乐队吗？”

云豹说：“是的，这家伙难以捉摸。我有个朋友是制片人，在给新拍的电影找主题曲。我推荐了雪狼写的一首歌，人家还真看上了，报价七万。这是名利双收千载难逢的机会啊，雪狼竟然拒绝了！他说作曲有山猫的功劳，他不能擅自做主。我说那就把山猫的名字也加上呗，他还是不肯。”

莫未已经猜到了，这首歌就是《绝恋》。

云豹说：“作品就像创作者的孩子，舍不得卖也能理解，但我讨厌他拿山猫当借口。因为山猫从来就没唱过这首歌，也没提起过他参与了创作。我一气之下摔了电话，刚才他又打过来跟我道歉，说这首歌已经送给一个对他非常重要的人，不想公开了。这就更奇怪了，他一向独来独往，没有恋爱的迹象。而且，古往今来多少名曲佳作都是献给爱人的礼物，照样广为传颂嘛。”

绝对的爱，绝望的爱，绝美的爱。当初山猫不唱此歌，是因为它太纯粹了，像是雪狼的私人藏品。他万万不曾想到，这竟是雪狼献给如焰的礼物。《绝恋》创作于三年前的春天，意味着雪狼刚刚加入 Preyer 就迷上了山猫的女友。乐队招了这位鼓手，真是引狼入室。

莫未的心突然阵痛起来，如同绞肉机开始工作。她的躯体似乎被一种神秘的记忆唤醒，能体会到山猫灵魂之外的情感。也是三年前的春天，莫未含泪为雪狼写下了最后一篇日记：

你说你爱上了别人，已经把心完整地交给了她，无法再接受我的关怀。

云豹拿起吉他：“琴弦都让你扯断了，心情好点没？我劝你选择宽恕,生命太短暂了,何必计较谁对谁错。你看,山猫死了，无论是深爱他的人还是背叛他的人，对他来说都毫无意义。”

莫未说：“山猫有最尖的牙和最利的爪，对欺骗绝不姑息，对伤害绝不宽恕！”

云豹困惑地望着她，突然叫道：“你的脸就像着了火，别在这吹冷风了。傻丫头，你发烧了！”

莫未把空空的啤酒罐捏扁，一脚踢进竹筐，起身走进客厅，对着穿衣镜，捂住自己滚烫通红的双颊，在渐渐放大的瞳孔中找到了山猫的影子。莫未从未像此刻这般真切地感受到两个生命的共存，她在心中默念：终于明白上天为何安排山猫与你灵肉合一，原来孽缘未尽。

亲爱的，我们出山吧。